银茶匙

（日）中勘助 著　黄了湛 译

EX-LIBRIS 江户时期风景

图书在版编目（CIP）数据

银茶匙 /（日）中勘助著；黄了湛译. — 南京：江苏凤凰文艺出版社，2017.4
ISBN 978-7-5399-8096-6

Ⅰ.①银… Ⅱ.①中… ②黄… Ⅲ.①自传体小说－日本－现代 Ⅳ.①I313.45

中国版本图书馆 CIP 数据核字(2017)第 040121 号

书　　　名	银茶匙
著　　　者	（日）中勘助
译　　　者	黄了湛
责 任 编 辑	张　黎　王宏波
出 版 发 行	江苏凤凰文艺出版社
出版社地址	南京市中央路 165 号，邮编：210009
出版社网址	http://www.jswenyi.com
印　　　刷	苏州市越洋印刷有限公司
开　　　本	787×1092 毫米 1/32
印　　　张	8
字　　　数	170 千字
版　　　次	2017 年 6 月第 1 版　2017 年 6 月第 1 次印刷
标 准 书 号	ISBN 978-7-5399-8096-6
定　　　价	40.00 元

（江苏凤凰文艺版图书凡印刷、装订错误可随时向承印厂调换）

目录

银茶匙·引言

译者序

前 篇　　　　　　　　　　001

　　雨后茶树上结满水滴，闪闪发光。普普通通却略显幽寂的茶花恰是勾起我童年回忆的花。白色圆润的花瓣围绕着黄色饱满的花蕾，开放在暗绿卷曲的叶子下。把鼻子凑过去闻闻香气是我的癖好。左手边庙井旁有棵桂树，开花时甘甜的香气在空中飘荡。井轱辘吱吱呀呀的声音穿过安静的茶田，传到我家。

后 篇

自制的豆腐颤抖着，雪白的表面上染着靛青的花纹。姐姐为我挤碎了香橙，浅绿色的粉末纷纷落下，豆腐像要化了似的，再浸到蘸汁中，又一下子染上紫红色。把这东西轻轻放到舌头上，尝到香橙静静的清香和酱油激烈的味道，还有冰凉和滑滑的感觉。

银茶匙·引言[1]

周作人

在《岩波文库》里得到一本中勘助（Naka kansuke）的小说《银茶匙》（Ginno saji），很是喜欢。这部小说的名字我早知道，但是没有地方去找。在铃木敏也所著文艺论抄《废园杂草》中有一篇《描写儿童的近代小说》，是大正十一年（1922）暑期讲习会对小学教员所讲的，第六节曰《幼时的影》，这里边说到《银茶匙》，略述梗概之后又特别引了后篇的两节，说是教员们应当仔细玩味的部分。铃木氏云：

"现今教育多注全力于建立一种偶像，致忘却真实的生命，或过于拘泥形式，反不明了本体在于那边，这些实是太频繁的在发生的问题。总之那珂氏（此系发表当时著者的笔名，读音与'中'相同）

---

[1] 本文乃周作人先生为《银茶匙》所作，文章署名知堂，未收入自编文集。原文刊载于1945年1月16日《艺文杂志》第三卷1-2期合刊。

这部著作是描写儿童的近代小说中最佳的一种，假如读儿童心理学为现在教员诸君所必需，那么为得与把握住了活的心灵之现实相去接触，我想劝大家读这《银茶匙》。"

但是《银茶匙》我在以前一直未能找到，因为这原来是登在东京《朝日新闻》上的，后来大约也出过单行本，我却全不清楚。关于中勘助这人我们也不大知道，据岩波本和过哲郎的解说云：

"中氏在青年时代爱读诗歌，对于散文是不一顾视的。最初在大学的英文学科，后转入国文学科毕业。其时在日本正值自然主义的文学勃兴，一方面又是夏目漱石开始作家活动的时候。但中氏毫不受到这两方面的影响，其志愿在于以诗的形式表现其所独有的世界，而能刺激鼓动如此创作欲的力量在两者均无有也。中氏于是保守其自己独特的世界，苦心思索如何乃能以诗的形式表现出来。可是末了终于断念，以现代日本语写长诗是不可能的事，渐渐执笔写散文，虽然最初仿佛还感着委屈的样子。这样成功的作品第一部便是《银茶匙》的前编。时为明治四十五年（1912）之夏，在信州野尻湖畔所写，著者年二十七岁。

最初认识这作品的价值的是夏目漱石氏。漱石指出这作品描写小孩的世界得未曾有，又说描写整洁而细致，文字虽非常雕琢却不思议地无伤于真实，文章声调很好，甚致赞美。第二年因了漱石的推荐，这篇小说便在东京《朝日新闻》上揭载出来。在当时把这作品那么高的评价的人除漱石外大约没有吧。但是现在想起来，漱石的作品鉴识眼光确实是很透彻的。

《银茶匙》的后篇是大正二年（1913）之夏在比睿山上所写。漱石看了比前篇还要高的评价，不久也在同一新闻上揭载出来了。"

查《漱石全集》第十三卷"续书简集"中有几封信给中氏的，其中两三封关于他的小说，觉得颇有意思，如大正二年三月二十一日信云：

"来书诵悉。作者名字以中勘助为最上，但如不方便，亦无可如何。那迦、奈迦、或勘助，何如乎？鄙人之小说久不结束，自以为苦，且对兄亦甚抱歉，大抵来月可以登出亦未可料。稿费一节虽尚未商及，鄙人居中说合，当可有相当报酬，唯因系无名氏故，无论如何佳妙，恐未能十分多给，此则亦希预先了知者耳。"

又大正三年十月二十七日信云：

"病已愈，请勿念。前日昨日已将大稿读毕，觉得甚有意思。不过以普通小说论，缺少事件，俗物或不赞赏亦未可知。我却很喜欢，特别是在病后，又因为多看油腻的所谓小说有点食伤了，所以非常觉得愉快。虽然是与自己隔离的，却又仿佛很是密合，感到高兴亲近。坏地方自然也有，那只是世俗所云微疵罢了。喜欢那样性质的东西的人恐怕很少，我也因此更表示同情与尊敬。原稿暂寄存，还是送还，任凭尊便。草草不一。"这一封信大约是讲别的作品的，但是批评总也可以拿来应用。中氏是这样一个古怪的人，他不受前人的影响，也不管现在的流行，只用了自己的眼来看，自己的心来感受，写了也不多发表，所以在文坛上几乎没有地位，查《日本文学大辞典》就不见他的姓名，可是他有独自的境界，非别人所能侵犯。和辻氏说得好：

"著者对于自己的世界以外什么地方都不一看，何况文坛的运动，那简直是风马牛了。因此他的作品也就不会跟了运动的转移而变为陈旧的东西，这二十五年前所作的《银茶匙》在现今的文坛上拿了出来，因此也依然不会失却其新鲜味也。"

以上的文章系民国二十五年十二月中所写，至二十六年二月又加上两行附记云：

"近日从岩波书店得到中氏的几本小说集，其中有一册原刊本的《银茶匙》，还是大正十四年的第一版，可见好书不一定有好销路也。"

我得了这部《银茶匙》，与文泉子的《如梦记》同样的喜欢，希望把它翻译出来，虽然也知道看惯了油腻的所谓小说的人未必赞赏，不过是想尽我野人献芹的微意而已。《如梦记》总算译成了，这部《银茶匙》分量稍多，便有点怕懒不敢动手，想劝诱别人来做，也不能成功，随后丰一愿意试试看，便由他拿去译述。译稿完成之后，想查阅一遍，再设法发表，可是搁在寒斋的壁橱里已是两年，一直未曾校阅，这回因为把希腊神话暂时中止，想拿这书来补白，看了几节，先行发表，读者如能在这里看到一点近代日本儿童生活的情景，因而对于本国的儿童生活也感到兴趣，加以思量，总是有益的事，鄙人屡次三番将《银茶匙》拿出来介绍的本愿也可以算是达到了。写《银茶匙》的中氏我仍是佩服尊敬，但是中日事变以后仿佛见过他的好些诗，我不能不表示可惜。这些事固然可以不论，不过我既然介绍推重，这里不得不表明一个界限，我是佩服中氏所著的《银茶匙》一书，若是诗人的中氏，则非鄙人之所知矣。

民国三十四年一月十五日，知堂记于北京

译者序

黄了湛

日本作家中勘助创作于二十世纪初的自传体小说《银茶匙》是一部平淡而奇妙的作品。

二十世纪中叶,日本在第二次世界大战中战败投降,以美军为主的占领军成为日本的最高主宰,旧体系訇然崩溃,新秩序尚待确立。这也反映在教育领域,战前的那些宣扬皇国至上的教科书受到占领军严厉禁止,而秉承占领军意志的新教科书还来不及渗透到全国所有中小学。1950 年,在神户市初高中连贯的、校名为"滩"的完全中学,语文教师桥本武突发奇想,他决定不使用市面上流通的任何语文课本,而让他的学生初中三年只读一本《银茶匙》。当然,他通过许多角度来讲解,也让学生以各种方式来学习这本书。按照滩中学的惯例,这批学生初中毕业后,高中三年的语文也由他继续教。

等到1956年他带的这批学生高中毕业时，竟然有多达16名学生考取了日本最难考的东京大学。同年，桥本重新开始带初一，又如法炮制，在语文课上讲了三年《银茶匙》。等到1962年这届学生考大学时，考取东京大学的人数增至39人，另有52人考取在全国范围内入学难度仅次于东京大学、而在滩中学所在的关西地区甚至比东京大学更热门的京都大学。

要知道那个时候日本战后教育体制已经渐渐成熟，"随便"拿一本文学作品当语文教科书使用的粗放式教学已经是绝无仅有的了，但是，因为滩中学是一所私立中学，在教学方式上有一定的自由度，更因为桥本创下的两次升学奇迹，他的奇特教法被允许重复，他退回初一带新生，又用了三年《银茶匙》。

1968年他带的学生中考取东京大学的人数猛增至132名，这使得滩中学成为当年考取东京大学人数最多的中学，同时也使得桥本武老师成为神话。而这神话还在继续上演，1974年和1980年又分别有120名和131名桥本武的学生考取东京大学。包括这些升学"状元"在内，桥本武最终桃李满天下，他的学生中有最高学府东京大学的校长，有站在司法界顶点的最高法院事务总长，以及政界、工商界、文艺界等各个领域难以胜数的杰出人才。

这事多少有点奇妙，不论是升学成功还是在社会上获得认可，光靠语文成绩和语文能力显然是不够的，如果说桥本武非凡的教育成果和《银茶匙》这部文学作品之间存在因果关系的话，那么《银茶匙》对学生的影响应该远远超越语文教学的范围。《银茶匙》究竟是怎样一本书呢？

令人费解的是，《银茶匙》看上去与世上所谓成功学没有一丝一毫的关系。作者在此书中用散文的笔调描绘了自己从幼童到少年时期的历历往事。那正好是甲午战争前后的年代，经历了明治维新的日本举国上下充满了"奋发图强，积极向上"的"进取"精神，国力迅速飙升，日本从欧亚边缘地区一个闭塞落后的小国一跃成为世界列强之一。而主人公或者用一个儿童质朴的眼光去质疑这种"进取"，或者沉浸在与这种"进取"无关、乃至正被这种"进取"迅速吞噬的、甘美而伤感的事物中。作品后篇中浓墨出现的"哥哥"这个"直男"角色，就满怀热情地教育主人公要像一个堂堂的男子汉那样"健康"成长，遭到主人公的顽强抵抗，这成为后篇中重要冲突之一。而在实际生活中，比作者中勘助年长十几岁的哥哥是东京帝国大学医学部毕业、留学德国回来后成为医学教授的模范精英，终其一生都和"碌碌无为"的中勘助处于激烈的争执状态。

那么，这样一部作品又如何能激励学生努力考大学，继而努力获取社会成功呢？

桥本武老师在谈到为什么要采用《银茶匙》作教材时说，他一直在寻找一本书，它能成为学生"心灵的粮食"。

"心灵的粮食"一说不禁使人联想到当下颇为流行的一个词组：心灵鸡汤。不得不承认，创造了"心灵鸡汤"这个"品牌"的人还是谦虚审慎的。鸡汤，也就是热乎乎味道不错的饮用品而已，自比鸡汤其实也间接提示了大家，自己"营销"的这类东西中并无多少实质性的营养，更不是包治百病的灵丹妙药。相比之下，桥本武老师把《银茶匙》比作"心灵的粮食"就显得有拔高与夸张之嫌，一幕幕娓娓道来的童年往事中果真含有可观的基础营养吗？这个问题，还是请读者朋友自己来回答。

顺便提一件事，2013年日本著名出版社岩波书店为了纪念其创业100周年举办了一个历时半年的活动，让读者通过网络投票等方式在浩如烟海的岩波文库中评选自己最喜爱的书，结果名列第一的是中国读者并不陌生的大文豪夏目漱石的《心》；名列第三的就是夏目在东京帝国大学时的学生中勘助创作的、最初也是由夏目推荐、通过连载的方式在东京《朝日新闻》上发表的这部《银茶匙》；而由日本学者翻译、注释的中国儒学经典《论语》，则名列第六。

二〇一六年夏

前篇

一

　　我书斋中有一个书柜里装满了杂物，其中一个抽屉里一直放着一个小箱子。那是软木做的，板子与板子的结合处贴了牡丹花模样的画纸，本来可能是装进口碎烟草片的，也不算特别漂亮，就是因为木材的色调素雅、摸上去手感柔和、还因为关上盖子时那饱满的"砰"的一声，所以我至今仍把它当作宝贝。里面放的尽是些安产贝[1]、椿籽等小时候玩的零零碎碎的小东西，其中有一个形状奇特的银制小茶匙，我从来没有忘记过。那个东西有个直径五分[2]左右的盘形头和一条稍稍反弯的柄，因为比较厚实，拿着柄端感觉沉甸甸的。我有时会从小箱子

---

[1] 安产贝：宝贝科海生螺，可作安产的护符。
[2] 分：当时日本使用的长度单位，1分约为3毫米。

中把它取出,细心擦拭,久久凝视。我最初不经意地发现这个小银匙的时候,还是在很久以前的儿时。

那时家里有一个茶具橱。我踮起脚来,手刚好够得着,可以把橱门打开,将抽屉抽出来,饶有兴趣地体验各种不同的手感和吱吱呀呀的声音。那里面并排有两个带玳瑁把手的小抽屉,其中一个状态不佳,以小孩的力气很难抽出来,这偏偏增添了我的好奇心。有一天,我费尽力气终于把它硬生生抽了出来,又兴致勃勃地把里面的东西一股脑儿倒翻在榻榻米[3]上,一眼就在风镇[4]、印笼[5]的坠饰之类的东西中看到了这把银匙,一下子就喜欢上了。我马上拿着它跑到母亲那里,对她说:"这个给我吧。"

母亲正戴着眼镜在茶室做家务。她显得有些意外。"记着好好爱护它,不要弄丢了。"她竟然立

---

[3] 榻榻米:日式房间地面上铺设的草垫。
[4] 风镇:挂在画轴两端的坠子。
[5] 印笼:放印章的容器。

刻同意了。我非常高兴,又为失去了一次争执而感到有些落空。早在我们从神田搬家到山手的时候,那个抽屉便彻底坏了,拉不开了,所以连母亲也已经遗忘了这把颇有来头的银匙,现在看到了才想起来。于是,母亲一边做针线活一边讲起了它的由来。

二

　　母亲生我的时候没想到难产，还被那个有名的接生婆放弃了，只好去请中医东桂先生。光靠那个东桂先生的煎药，我一点出来的迹象也没有。父亲性子急，暴跳如雷，像要咬人的样子。东桂先生实在为难，就翻开中药书，挑些片段读出来，以证明他的配方没有错，一边等待时机。就这样把我母亲折腾得半死后，我终于出生了。此刻几乎走投无路的东桂先生在手指上沾上唾液一边一页一页地翻书，一边从药箱中舀出药。那个样子后来被我姑母不厌其烦地一遍又一遍地模仿取笑。我就是由那位爱开玩笑的姑母领大的。

　　我本来很虚弱，生来又长着严重的瘤子。据我母亲的形容，那像一个个松球，爬满了头上和脸上，于是我们只好继续接受东桂先生的治疗。东桂先生为了不让肉瘤内攻,每天让我服用乌黑的炼药和乌犀角[1]。那个时候无法用普通的汤匙向婴儿的小嘴里灌药,我姑母不知从哪儿找来了这把茶匙,这才让我含住了药。听到这事,自己虽然完全不记得,但居然也有一丝怀念。

因为我全身都是疙瘩,痒得日夜无法安睡,母亲和姑母就轮流用装着赤豆的糠袋[2]在疮痂上轻轻敲打,这样我的小鼻子才一动一动,显得有些舒服。此后直到长大,我一直体质虚弱,神经过敏,三天两头犯头疼。家里人都说那是因为脑袋被糠袋砸坏了,每次都向来客散布这样的说法。因为我让母亲吃了这么多苦才诞生,再加上母亲产后康复不顺,忙不过来,而那时姑母又正好不尴不尬地待在我家,于是我就由姑母一手带大。

---

[1] 乌犀角:把黑犀的角磨成粉末而制成的中药。
[2] 糠袋:通常是装着糠的小袋子,用来擦洗身体,此处袋子里装着赤豆,用来缓和皮肤病的痛苦。

三

姑母的丈夫是惣右卫门先生，在藩国虽然身份不高，但总算还是一个武士。夫妻两个都是老好人，又没有生计，在明治维新的时候就败落了。随后在明治某年霍乱流行之际惣右卫门先生去世，姑母无法维持一个家，终于回到了娘家。

在藩国的时候，大家看到夫妻两个都是老好人，穷困的人当然趁机来借钱，并不穷困的人也来哭穷借钱，两口子自己揭不开锅也要帮助别人，于是本来就没钱的家瞬间就等同于破产了。到了这境地，那些借钱的人居然还恬不知耻地在背后嘲笑他们夫妻俩的贫困都是因为人品太好了。两人实在不行的时候也向那些还记得的借钱人催债，但是听到那些人稍微诉了些苦，就流出了同情的眼泪，随后就打道回府了，一边还说着："可怜啊可怜！"

姑父姑母这对夫妻还非常迷信，不知哪天，说起白鼠是大黑神[1]的使者，买回来一对老鼠供养起来，称其为"阿福"。老鼠这个东西，大家知道是以几何级数[2]的速度繁殖的，结果老鼠就遍布家中。在一些重大的日子，主人还要煮赤豆饭，甚至在一升大的器具中盛满炒豆来供奉老鼠。

就这样，仅有的一点钱借给别人被抵赖，米柜里的米又被"阿福"吃尽，真的是只剩身上穿着的那套衣服了。他们就这样一贫如洗，从遥远的藩国赶来投靠我们家。此后不久，惣右卫门先生因霍乱而亡，姑母就成了孤身一人的寡妇。姑母说起那个时候的事情时就说那是因为外国的那些基督徒为了杀尽日本人放了很多凶恶的狐狸，这才导致霍乱流

---

[1] 大黑神：日本佛教体系中的一个神，七福神之一。
[2] 日本有"鼠算"一词指代几何级数的算法。

行。她说有"一霍乱"和"三霍乱"两拨,惣右卫门先生染上了"一霍乱",就被带进隔离病院,那儿还不让被霍乱烧得漆黑的病人喝水,就让他们去死。病人都是五脏六腑被活活烧毁而死的。

对姑母来说,带大我就成了人生的唯一乐趣。这当然是因为她一没家,二没孩子,三又上了点年纪,别无所好。还有一个不可思议的迷信致使她格外疼爱我。我本来应该有一个年长一岁的小哥哥,但他刚出生就全身痉挛而夭折,姑母就好像死了自己的孩子那样大哭一场,悲叹道:"转世重生吧孩子!转世重生吧孩子!"结果第二年我就出生了。姑母就以为是菩萨保佑让那个孩子投胎成我。她把我当成宝贝,疼爱得无以复加。尽管我长满疙瘩脏兮兮的,但我这个灵童不忘这个孤苦伶仃的姑母的祈求,毅然撇下了极乐世界的莲花屋,来到人世,这是多么喜庆、多么感动的事啊!因此,到了我四五岁的时候,姑母每天早上向菩萨献上供品(那是她幸福的源泉)的时候,就让还不认字的我生生记住"一唤即应童子"这几个字,这是我夭亡的那个哥哥的戒名[3],根据姑母的想法,这就是我在极乐世界时的名字。

---

[3] 戒名:佛教僧侣赐给死者的名字。

四

　　我只要一出家门就必定趴在姑母的背上，她即便喊着腰疼臂麻也不肯把我放下。大约五岁之前我几乎没有踩过土地。在她重系衣带或者做什么事情不得不把我放下时，我总感到地面摇摇晃晃，只好拼命抓住她的衣袖。那时我胸部束着浅绿色的带子，坠着小铃铛和成田山的护身符。这些是姑母的主意：护身符本来就是为了避免伤害，不掉进沟里河里；铃是因为姑母眼神不好、看不清远处，万一走失了，她可以听铃声来找我。但是，对一年到头趴在背上从不下来的孩子来说，护身符和小铃铛都毫无用处。我因为虚弱，智力的发育也比较晚，又变得非常忧郁，几乎从来也不对姑母以外的人笑，自己从不主动开口说话，连家里人问话时也不能正常回答，在情绪极好的情况下也最多是不做声地点点头。我怯懦，认生，有人要看我的脸我都会把头埋在姑母的背上哭起来，这就是我的常态。我瘦得不成形，肋骨都露出来了，只有脑袋很大，眼睛凹陷，所以家里人都叫我"章鱼小子，章鱼小子"，我还把发音弄错，把自己叫得怪怪的。

五

　　我出生的地方可谓神田中的神田，那里不断有火灾、打架、醉汉和小偷。在我病弱的头脑中留下印象的邻居就是对面的米店、粗点心店、还有豆腐店、澡堂、木材店等。斜对面的医生家的黑墙和老爷[1]府邸的大门特别气派。顺便说一声，我们家就在老爷府邸内。

　　天气好的日子，姑母就背着我，尽其年迈的脚力到处转悠，我就像《一千零一夜》中缠在辛巴达肩上的那个妖怪。就在屋后的小路深处有一家做蓬莱豆[2]的，有赤身裸体只系着兜裆布、反缠头巾、

---

[1] 老爷：明治维新前的封建领主，维新后或成为贵族，或沦落。主人公的父亲是老爷的重臣，所以举家居住在老爷府邸。
[2] 蓬莱豆：一种在炒黄豆表面裹上糖衣再着成各种颜色的零食。

露着俱梨迦罗龙王[3]纹身的汉子们在那儿一边唱歌一边炒着黄豆。这些像鬼一样的汉子太可怕了,再加上那个嘎啦嘎啦的声音震到脑门心,所以我讨厌那个地方。如果被带到那样的地方,我就会哭着在姑母背上乱扭身体,然后静静地指向想去的地方,然后姑母就心领神会,准确无误地把我带到我想去的地方。

我最喜欢的地方,现在也是神田川河边和泉町的稻荷神社[4]。我通常的玩法是清早没有人的时候朝河里扔石子,或者摇响大如树果的铃铛。姑母会把我放到没有什么灰尘的石头上,或者带我到神宫的石阶上参拜。当中开孔的铜钱掉进香资箱的声音很有意思,也不知道它们会落到哪个神佛那儿,只听见姑母的祷告:"请保佑这个孩子健康结实。"

有一天,我抓着木栅,后面被带子拉住,在看

---

[3] 俱梨迦罗龙王:佛教传说中的龙王之一。
[4] 稻荷神社:供奉谷物之神的神社。

水面上飞来飞去叼鱼的白鸟。对一个动不动就疼痛的病弱的孩子来说,鸟儿扇动长长的、看上去柔软的羽毛,静静飞翔的雄姿实在是太好的观赏对象了。我异乎寻常地高兴起来。偏巧这时挑着鸡蛋和麦粉点心的女小贩过来休息,我照例贴到姑母的背后。女人把担子放下来,取下盖在上面的毛巾擦着头颈,一边花言巧语地驯服我这个胆小鬼。看到我快从姑母背上挣扎下来的时候,女人打开装着麦粉点心的盒子引诱我。她把小判[5]形状的香硬的麦粉点心拿出来放在指尖上旋转,一遍遍地叫:"小哥,小哥!"还让我拿到手上,这样姑母就不得不把点心买下。到现在,我看到谁从肩上吃力地放下贴着涩纸[6]的篮子,露出埋在糠壳堆里的白色的、或是淡红色的鸡蛋,还有香气扑鼻的麦粉点心时,我还会有全部买下来的冲动。稻荷神社后来变得气派了,也变得热闹了,那时的柳树现在还在随风摇曳,让人感到一丝凉快。

---

[5] 小判:江户时代一种椭圆形的金币。
[6] 涩纸:由多层和纸(日本传统纸张)贴在一起,表面用涩柿子涂过,有防水防腐功能。

六

不去稻荷神社的日子,我们把作为香资用的和看表演、比赛等用的零钱装在脏兮兮的钱包里,去牢房空地。那是有名的传马町牢房的遗迹,在那儿经常有各种各样的表演,还有小商小贩摆着摊位,卖一些带壳烧烤的海螺、开花豆、橘子水、还有季节性的玉米、炒栗、矮栗之类的东西。演艺棚的门口垂着红白相间的幕布,准备好梆子和鞋牌[1]的男人盘腿而坐,用手指着入口处,一边吆喝着:"开场了!开场了!"有的表演是用锁链拴住狼,让鸡去啄它的鼻子,听它悲鸣。还有的表演是可疑的河童[2]头顶水盆在积水中折腾。丁零

---

[1] 鞋牌:观看演出的人要脱鞋进场,换取鞋牌,出来的时候再用鞋牌取鞋子。
[2] 河童:日本传说中栖于水中的动物,头顶有蓄水盘。

当啷祭文[3]就是呜呜地吹着海螺,让金属棒发出高尖的叮当响声,一边喊着"丁零当啷,丁零当啷",太不好玩了,但姑母自己喜欢,就常常带我去看。有一次上演少见的木偶剧,海报上是开满樱花的山野,还有在插画小说上能看到的那种千金小姐在打鼓跳舞。我大喜过望,进去一看,立刻就响起了锵锵锵可怕的声音,一个脸和手脚都通红的家伙挂着奇怪的绶带跳了出来,我吃了一惊,哇哇大哭。后来才知道那是在演《千棵樱树之狐忠信》[4]。

我欣赏的杂耍之一是鸵鸟和人之间的相扑。歪缠头巾的汉子身上穿着击剑的防具,模仿鸟在挑战时的那种跳跃姿态冲了上去,于是鸵鸟被激怒,一脚踢过来。有的时候鸵鸟因颈部被抓住而落败,有的时候人被踢得连呼"我服了",落荒而逃。这时轮替的汉子正在角落里吃盒饭,没有对手的另一头鸵鸟

---

[3] 丁零当啷祭文:一种说唱行乞方式,持续到明治中期。
[4] 《千棵樱树之狐忠信》:日本传统名剧,演平安时代的武将佐藤忠信的故事。

悄悄走进，突然要吃盒饭，那汉子慌忙跳开，这个样子很好玩，看客们一阵哄笑，姑母却流泪说："鸵鸟饿着肚子连饭也吃不到，真可怜。"

七

像我这样的人生在神田简直就比河童在沙漠孵化还要糟糕。周围的孩子都是神田小子的后备军,顽皮无比。我这样胆小羸弱的不被当作一回事,甚至稍有疏忽就被欺负。特别是对面布袜店的儿子什么的,趁我姑母稍不留神,突然从后面打我一个耳光就逃走了。我非常害怕,动辄缩成一团。在家的时候,我就爬到面向大街的高高的窗台上,抓住格栅,姑母在后面托着我,并教我马呀车呀这些印入眼帘的东西的名称。斜对面米店的鸡被车碾了以后变成瘸子,羽毛褴褛,蒙着尘土,每次看到它时总提拎着一只脚,姑母总是可怜它,最后搞得我看到它就不开心。平时我在放佛龛的三贴[1]大的阴暗的

---

[1] 贴:面积单位,一块长方形的榻榻米大小,在这上面大致可以睡一个人。

房间里玩。那儿晚上就是我的卧房，有时也成为姐姐们的自修室。那时两个姐姐十二三岁，上着小学。我记得她们从洋式的大信封里取出乌黑的册子，摊在旧木桌上学习的情景。有一个书桌大概有三尺[2]左右长，有两个抽屉，手柄掉了后留下的孔眼里插着卷着纸头的笔。另一个书桌下面仅能容纳小孩子的膝盖，配有很浅的抽屉。这些书桌从哥哥传到姐姐，再从我传到妹妹，按顺序传了几十年。我被抱到书桌上看窗外院子时，可以看到黑墙旁边那棵大杜鹃。到了夏天，鲜红的杜鹃花盛开，虽然这是在城镇里，但时而会有蝴蝶飞来吸蜜。我饶有兴趣地注视它们急急忙忙扇动翅膀的样子，姑母就从后面把脸伸过我的肩膀对我说："黑蝴蝶是山里的老爷爷，白的和黄的都是千金小姐。"小姐们真可爱，而山里来的老爷爷扇动乌黑的大翅膀飞来飞去，这真有意思。姑母还从用插画纸精心糊着的、有盖子的篮子中取出各种玩具让我玩。众多玩具中我最宝贝的是从门前的小沟里捡起来的黑色陶土小狗。那

---

[2] 尺：长度单位，当时日本1尺大概在30公分左右。

个脸好像对我还比较和善。姑母把它叫做狗狗先生，把它安置在用什么空盒子做的宫殿里，对着它下拜给我看。另外还有一个笨头笨脑的红牛也是我的珍爱。这两个是我在世上仅有的好朋友。

八

此外，刀、大刀、弓、枪等武器玩具也俱全。姑母让我带上乌帽子，拿着短刀，完全装扮成一个武士，自己也缠上头巾，抱着大刀，我们各自在长长的走廊两端布下阵脚，玩打仗游戏。准备好了之后，双方动了真容，站好姿势渐渐逼近，将要在走廊的正中间碰到时我喝道："来将可是四天王？"敌人喊道："你是清正吗？"随后两人同声喊："来得正好！"接着同声叫喊"呀呀哒！哒哒哒哒！"的节奏，暂时不分胜负地格斗。这是山崎战役的场面，我扮加藤清正，姑母扮四天王但马守。最后两人把武器丢到一边扭打在一起，大混战的结局是四天王看到清正差不多累了后懊悔地叫了声"完蛋了！"就訇然倒地。我洋洋得意地骑上去按住她，大汗淋漓的姑母就在下面说："把绳子放松，砍了我的脑袋。"继续扮四天王。这时清正拔出短刀假装割她布满皱纹的头颈，四天王就皱着眉头、闭上眼睛忍受，继而头一歪就"死"了，这才分出事先约好的胜负。下雨天之类的，有时要反复玩七八遍，一直玩到四天王站立不稳。姑母哭喊着"实在不行了，实在不行了"，但是如果我没玩腻，不叫停，她就奉陪到底。有时姑母实在太累了，被"割了首级"后怎么也爬不起来，我甚至以为她会不会真的死了，提心吊胆地去摇醒她。

九

明神大祭时，从场所来看就会热闹到可怕，街区内的年轻人在每家每户的屋檐贴花，提着旋涡纹或者日章纹的灯笼行走。我家的屋檐也贴着花、挂着灯笼，这让我很高兴。这天有的人家在店面装饰了填满毛毡的四神剑[1]，两个满头装饰品的脑袋被恭恭敬敬地放在台阶上，酒神德利[2]大酒具被供奉在那儿，像卷书的竹管笔直站立。金色的狮子张开银色的眼珠，头顶宝珠。通红的狛犬[3]闪烁着金色的眼珠，鬃毛散乱。因为姑母对狮子和狛犬像对狗狗先生和红牛那样要好的样子，所以我看到它们可

---

[1] 四神剑：原本是画着青龙、白虎、朱雀、玄武这四神的旗子，装有剑头，后演化成立体的狮子头，也没有了四神，但名称未变。
[2] 酒神德利：细长的盛酒器皿。
[3] 狛犬：日本神社和佛寺门前的石像，似狮似狗，据说是古代从中国引进的。

怕的脸也没有哭闹。从穿着同款浴衣的街区内的青年到刚学会走路的小孩，大家反缠头巾，挎上郁金色的麻质束带，脚穿白色的布袜，不穿鞋子，露出嘎吱嘎吱的小腿，晃着大到不能再大的灯笼行走。我非常喜欢系着铃铛或者不倒翁之类东西的束带。屋檐下吊着的灯笼也好，街道内转悠的灯笼也好，里面的蜡烛火光闪烁。红白分明的大头灯笼的顶端垂下御币[4]，它们在空中被摆弄得吱吱作响。这个能让我觉得快活。在街区内的各个关口，大人小孩围在用酒桶作的神轿[5]周围，合计着打架的事。姑母喜欢这事，给我也挎上和人家一样的束带、缠上头巾，带我去外面。我掖起和服的底襟，下面露出红色的棉毛裤，长长的袖兜夹在束带里，趴在姑母的背上，提着小灯笼。于是，聚在某个用酒桶做的天王像周围的顽皮的小孩群中出来一个，一边骂道："这混蛋！趴在女人背上提拎个灯笼。"一边就突然扔过来两三块石头。姑母说着："你们就不能放

---

[4] 御币：供神的币帛，将纸条或布条束在木枝上做成。
[5] 神轿：祭祀活动时神灵所坐的轿子，众人扛着神轿巡街是祭祀活动的高潮场景。

过这个弱小可怜的孩子吗？"一边提心吊胆、急急忙忙地往回赶。有两三个家伙居然乱哄哄地追上来拉我的脚，要把我扯下来。我用力抱紧姑妈的头颈，像被火烧着似地哭起来。姑母一次又一次拉开卡在她喉咙的手，叫我放手，逃了回去。喘气定神后才发现难得的灯笼和木屐都掉了。那木屐是用浅葱色的带子绑住做成的，我们很是可惜。

十

我因为病弱离不开医生。所幸的是那位让人服用乌犀角的东桂先生不久去世了,我转而看西医高坂先生。东桂先生曾经尽力擦洗的疙瘩被他的西药洗干净,痊愈了。这个人的脸看上去不会让人害怕,他又擅长讨小孩的欢心。一直苦于东桂先生的炼药的我喜欢上喝他的甜味药液。高坂先生建议为了我和母亲的健康,我们必须搬到山手地区空气好的地方。后来,所幸我父亲正好处理完老爷的一段事情,把自己的工作交代给其他人以后有了空,我们就下决心搬到小石川的高台上。

终于到了搬家那天,大家都对我说以后也不能来这个家了。我看到来帮忙的人进进出出,热闹非凡,觉得很有趣。还有和姑母一起坐车也让我很高兴,我兴高采烈地说了很多话。不久,道路渐渐冷清,最后车子开上了红土长坡(以前我并不知道坡这样的东西),到了新的居所,那是围在一圈杉树中的老房子。

十一

这一带的人都静静地住在用杉树带隔离的老房子里。大多是从幕府时代起世世代代定居在这里的士族。世道变了,他们已经凋零了,但还没有到度日艰难的悲惨境地,他们还能谨慎小心地过着恬静的生活。因为那儿算是人烟稀少的乡下,周围邻居不仅都脸熟,而且还互相知道各自家中的情况,可以说知根知底,相互间往来也亲密。枯坏而未及整治的杉树隔离带围住院子,院中到处都是空地,有些地方种上了果树。这家和那家之间没有农田,但有茶树园,那是孩子们和鸟儿玩的地方。农田、植物隔离带、茶树园,满眼都是这些我稀罕的东西,真是太高兴了。我家要在近旁的大块空地上重建新房,造好前就住在老房子里。正门傍有出黄树[1],

---

[1] 出黄树:虎皮楠科常绿乔木。

叶子和红的树干我都喜欢。我会拿滑腻腻的叶子放到嘴唇上，或者用它擦擦脸。搬过来的第二天有人捉了蝉放在现成的鸟笼里给了我。这是以前从没看到过也从没听说过的东西，非常有趣，但我一靠近，它就大叫，这又让我害怕。

每天早晨我很早就被叫起，光着脚在杂草丛生的空地上走动。什么荠草呀，莎草之类的，光记住那些草的名称就是一个大功课。那时年届八十的祖母也在光头上戴着棉毛头巾，拄着拐杖和我一起脚踏朝露。祖母在后院地界的垄土里埋下了优质的三核栗[2]，说是孙子孙女长大的时候可以采了吃。祖母去世后，我们小辈为树取名叫"祖母大人的栗子树"，倍加珍视。如今那三棵树已经长得很气派，到了秋天，当年的孙辈就采下好几篮栗子，剥给自己的孩子吃。

开始重建房屋了。运来木材的马和牛被拴在旁

---

[2] 三核栗：一个大壳里含有三颗仁的那种栗子。

边的树根上，我让姑母背着，小心翼翼地去看。马从大鼻子中呼出棍子似的气息,揪下杉树的叶子吃。牛一下呕出什么东西在嘴里咕噜咕噜地嚼。比起生着一副长脸、不太老实的马，我更喜欢一直用舌头舔唇的圆脸的牛。工地上那些凿子、锛子、板斧奏出各种声音，在我病弱之身的胸中激荡。工匠中有个叫老定的人性格温和。我在他旁边看他刨木材，看着木屑从刨子的凹处卷出来再掉到地上，看到发呆。他会从木屑卷中捡出漂亮的给我。有些杉木和桧木的木屑看上去仿佛要出血的样子，放在嘴里呲呲，好像舌头和脸颊都会绷紧。双手捧起蓬松的木屑卷再让它们从指间漏下去，那种痒痒的感觉也很妙。老定总是比别人晚走，啪啪啪地拍着手拜月亮。我无休无止地在他工作的地方转悠，看他拜月是我的乐趣。但是别的工匠却给他起了个绰号，叫做"变态人"，说他那样的怪人一定会早死。看着工地上扫帚扫过的清晰痕迹，此时白日的热闹已变成一片寂静的暮霭。我恋恋不舍地被叫进屋子，等待下一个早晨。我就这样沉醉在四溢的木香中，不由得神清气爽，瞅着新房子一天一天造起来。

十二

我家南面隔着一小块茶树园有一个叫少林寺的禅寺。寺院很大，再加上姑母笃信佛教、留恋寺院，就时常带我去。院门到殿门之间二十间[1]左右的空间里有两条石板路，路旁是荒了的茶树林，还有些杉树之类的矗立其间。我常常在那里摘茶花，从枝头摘下一朵花时，会有一片片脆弱的花瓣纷纷落下。还有，雨后茶树上结满水滴，闪闪发光。普普通通却略显幽寂的茶花恰是勾起我童年回忆的花。白色圆润的花瓣围绕着黄色饱满的花蕊，开放在暗绿卷曲的叶子下。把鼻子凑过去闻闻香气是我的癖好。左手边庙井旁有棵桂树，开花时甘甜的香气在空中飘荡。井辘轳吱吱呀呀的声音穿过安静的

---

[1] 间：长度单位，1间约有1.8米。

茶田,传到我家。主殿正门的大屏风上画着一对色彩鲜丽的孔雀,雄鸟垂着像蓑衣一样的尾羽停在什么东西上,小一点的雌鸟弯身像在啄什么东西,周围是各种烂漫的牡丹花和几只正在玩耍的蝴蝶。

姑母还常常带我到附近大日如来佛的地方[2]去玩。我摇着粗绳子击响鳄口[3],姑母就朝功德箱里投钱,然后作拜。随后就轮流抚摸我的头和宝头卢菩萨[4]的头祈祷我的脑病康复,随后就按摩自己的眼睛。宝头卢菩萨在台上盘腿而坐,露出被手反复摸后油光光的材质,睁大了眼睛。就像各处的寺庙一样,大日如来佛的地方也有一口深井,上方挂着柿子色和浅蓝色的手巾。插画书中阿波鸣户的鹤[5]拿着的那种木质长柄勺浮在水面。姑母毕恭毕敬地用手接着这里的水冷却眼睛,接着睁开变得小了一

---

[2] 大日如来佛的地方:指小石川水道町的长善寺,寺中供奉大日如来。
[3] 鳄口:日本神社佛阁正面檐下悬挂的偏平而中空的金属制发音器具,下方横向开长口。参拜者用布绳击之,发出响声。
[4] 宝头卢菩萨:释迦牟尼的弟子,十六罗汉之首。
[5] 阿波鸣户的鹤:某个传统戏剧中拟人化的鹤,阿波鸣户是地名。

些的眼睛说："托大日如来菩萨的福，好像眼神好了些。"

这大日如来佛的神签据说很准，有人特地从远方来抽签。既然这样，姑母就抽了一次，想知道我的病身会不会好转。她到佛堂侧面有拉门的地方说了声："恳请指点。"于是，头剃得发青的年轻和尚露出脸说："好的。"姑母把事情从头到尾说了一遍，请求神签。和尚到主佛面前拜了一阵，随后"嘎达，嘎达，嘎达嘎达"有节奏地摇了一会儿盒子后，抽到一支签。姑母不认得方块字，所以和尚就把缘由一一解释出来给她听，那就是，这孩子将来会变得结实而幸福。于是她就喜形于色地回去了。

十三

朝更偏僻的方向过去一町[1]远的地方,有一块用木槿树当作墙垣围起来的空地,里面养着五六只鸡,养鸡的一对老爷爷老奶奶还卖粗点心。我非常喜欢初次见到的稻草屋顶、破土墙、还有吱吱作响的桔槔[2],所以和姑母一起去那儿买点心成了我的一大乐趣。老爷爷老奶奶耳朵背,轻易叫不出来。使很大劲把他们叫出来后,他们就把这个那个的盒子打开让我们看,有金花糖、金玉糖、天文糖、粉糖。把竹羊羹[3]含在口中的话,它便放出青竹的清香,在舌头上滑动。糖果中有一种叫阿多福[4],从不同的方向

---

[1] 町:在此处是距离单位,1町大致为109米。
[2] 桔槔:一种利用杠杆原理在井上汲水的工具。
[3] 羊羹:用豆馅作的日式糕点。
[4] 阿多福:原指丑女,此处为做成丑女脸形的糖果。

看上去有苦脸和笑脸等不同表情。咬断呈蓝红相间条纹色的糖，再吸气，空芯中会吹出甘甜的风。我最喜欢的是一种叫肉桂棒的，那就是撒着肉桂粉的棒棒糖，浓甜之中又有让人兴奋的肉桂的气味。有一个大雨天，我突然想念老爷爷老奶奶，同时又想要肉桂棒，别人怎么劝都劝不住，姑母只好把我半缠在背上带去，不巧，要紧的肉桂棒没有，我很失望，哭着回来了。在我老老实实喝牛奶，不哭不闹好好玩的日子，作为奖赏，姑母会带我去买嘎啦嘎啦[5]。有桃子形的和文蛤形的，分别染成红色和白色的，我在姑母的背上晃动着它们心满意足地回家，敲开看，里面有纸作的小鼓、白铁皮作的笛子等。我把这些东西当作宝贝。还有用泥土色的纸皮包着的三角包，封口的地方贴着演员的头像画。

---

[5] 嘎啦嘎啦：也叫嘎啦嘎啦薄饼，外壳是薄饼，里面装有小玩具。

十四

我生来虚弱,再加上缺少运动,所以犯消化不良的毛病,如果不是像喂蜂王那样把食物强捧到我嘴边,我会忘了吃饭。不知道姑母为让我吃饭费了多大周折。有时她在羊羹的空盒中装了饭团,做出去朝拜伊势大神的架势,带着我围着院中的假山绕圈,最后停在石灯笼前,拍掌下拜,坐在松树荫下的石头上吃盒饭。还有时,和妹妹以及乳母一起带着紫菜卷到待宵草[1]开花的原野去野餐。在杉树、朴树、榉树等大树林立的山崖上可以远眺富士、箱根、足柄等雄伟的大山。

正当我特别高兴地吃着午饭时,偏巧对面走过

---

[1] 待宵草:别名夜来香,花期4月–10月,花瓣为黄色,多在夜间开放。

人来，我又马上把筷子一扔，吵着要回家。在活物当中我最讨厌的是人。就这样我吃什么也不香，于是姑母便巧舌如簧地用语言给食物添油加醋，编排故事哄我吃。佃煮[2]文蛤中的那些可爱的文蛤，被说成是龙宫中小龙女面前伸出舌头吸着地面行走的小东西。另外我喜欢听和竹笋有关的孟宗孝母[3]的故事，那太有趣了。胖胖的竹笋洗过后，沿着原来的竹节排着短根和紫色的疙瘩。让阳光透过这层皮可以看到表面长着金色的绒毛，背面有象牙般白色的线纹。大的竹笋皮可以戴在头上，小的除去绒毛可以用来裹住梅干，吸着吸着皮染上了红色，渗出了酸汁。紫竹我也喜欢。在砂锅中嘟嘟嘟地煮着，看着竹笋翻滚的样子，就算厌食的蜂王也不知不觉地在槽牙附近咽口水。有的时候撒娇，自己不用筷子夹菜，姑母就拿彩色的小茶碗放到我嘴边说着"小麻雀张嘴，小麻雀张嘴"让我吃。鲷鱼看上去很美，

---

[2] 佃煮：以酱油、料酒、糖将鱼虾贝类、海藻等煮成的味道浓重的一种海鲜食品，起源于佃岛。
[3] 孟宗孝母：流传在日本的中国二十四孝故事之一，讲孟宗在冬日里挖竹笋供其母食用。

头上有七个道具,还有被惠比寿[4]菩萨抱着的,这些我都喜欢。眼珠子很好吃,表面硬硬的,芯却很柔韧,怎么咬都咬不碎。吐出来的话,一颗半透明的珠子就当啷一声掉到盘子里。鲷鱼牙齿长得白,这也不错。

---

[4] 惠比寿:日本传说中的七福神之一,融入日本佛教。

十五

　　那年头有一个疯子。据老人说，那人年轻时对学问很执着，一个劲地读书，结果自高自大，变成了疯子。他头上蓬着长发，身上满是污垢和煤，像长着鳞片，披着遍布焦痕的破衣服，拄着粗粗的竹拐杖，无论冬夏都光着脚，就那样静悄悄地到处彷徨。知道他的人都可怜他，给他个饭团什么的，他就用手合成一个铁钵模样庄重地盛下带走。偶尔有人把身上穿的施舍给他，他勉强接受，穿了一两天后又立刻换成原来的褴褛破衣了。他在离我们家二町距离的一家农舍旁挖了一个洞，洞里面一年四季生着火。有兴趣的时候就从洞里出来，跟着脚随意行走，走得厌倦了就转身回去。就这样，任凭风吹雨打，常在那一带走动。因此，如果哪天看不到他，有人就会说："今天疯先生情绪不好吧。"连着三四天不出来的话，有人就会怜悯地说："情况不好吧。"奇怪的是，他在路上遇见女人时，好像遇见了脏东西那样要往后退两三步，还要呸呸呸地吐口水。我姑母有洁癖，最初见到疯子时被浊臭熏到，还没等他后退就先折回了。有天她背着我去那个粗点心店，路上碰到疯子，忍了臭气说："给你五钱[1]，求求你去洗个脸吧。"说着就要从束带中取出钱包。对此，疯先生也有些吃惊，他站住了，真是很恼恨的样子摇了摇头，也忘了呸，快步走开了。这位狂人直到我成为一个像样的顽童时还健在。某天，听到疯先生前一天晚上被烧死的传闻，我壮着胆子去窥探他的洞穴，见到被烧剩下的那根竹拐杖和柴禾，但没有看到疯先生。

---

[1] 钱：当时的货币单位，100钱为1日元。

十六

　　姑母为了和我玩赢树果游戏,打下白玉椿的果实。因为她视力不好,又没有力气,所以打得不准,打下许多枝叶。赢树果是老家的游戏,在椿树的果子里选出某种特定形状的,参加游戏的人各自拿出同等数量的果子放在一起,随后再轮流拿一个果子放在双手中晃动后压放到榻榻米上放开手看,朝上的白色芽痕多的算赢,看谁赢得多。根据形状和重心,果子有强弱之分,有的果子被涂了漆,美观耐用;也听说有的果子被狡猾地注入铅,做了手脚。打下果实,捡起来收集到一起,敲破壳,会看到隔层中有船形的和箭镞形的光润的果子,紧密吻合在一起。有的下雨天就用收集到的六十个果子在家安静地玩赢果子。

到了夏天，各种形状的云朵在阳光耀眼的天空浮动。姑母就像真的一样指着云朵告诉我，那个是文殊菩萨，那个是普贤菩萨。有天我玩累了独自躺下看天上飘来保护我的佛云。那片刚好飘过来的酷似观音菩萨的祥云突然变形，变得很可怕，我以为是妖怪装扮成观音菩萨的样子来拿我，慌忙逃到姑母处。从此，我把那种形状的云叫做"死人观音"，看到它就躲起来。

皮箱里除了山崎战役的战争道具以外还有其他玩具，其中鼓和笙是我秘藏的宝贝。笙筒被涂成黑色，漆着蔓藤花纹。上面排着长短不一的管子，可以吹出轻柔而杂多的嘘嘘声，让我虚弱的神经感到正合适的快感。鼓正好可以放在我小小的肩膀上，红色的调音绳、还有鼓身有趣的形状都让我中意。姑母什么事都会一点，这很可贵。有时候，她一边让我拍鼓，一边自己打着一个大鼓，巧妙地合着拍子。还有什么有趣的兔手状的刷毛，骨刺梗在喉咙时使用的鹤嘴，打钉孔用的小铜锤，这些小东西都放在橱柜的小抽屉里。我也不说要玩这里面的哪件东西，姑母就一个一个拿出来问我要这个还是要那个。她猜错的时候，我总是摇摇头，磨磨蹭蹭，大多数情况下她拿出那个狗狗先生或者那个牛，我就满意了。我使性子随手乱扔东西时她也会恼怒，只是担心我身体什么地方不舒服，又摸摸我的额头。如果有热度，就马上带我去看医生。这个我最讨厌，所以她一摸我额头，我就老实了。菊花开的时候，姑母就说着"我给你做菊花毡，你要乖哦"就到屋后的地里采来菊花，做个菊花毡。那就是把各种菊花的各种花瓣摆成阿拉伯花纹，用纸压一会儿，就成了气味宜人的毛毡了。我太喜欢菊花毡了。

还有，我会把书箱中满满一箱子的书倒出来让姑母一本一本地讲给我听。有时为了什么事，我挨训后哭鼻子、闹脾气，连姑母来哄我都让我恼怒，我缩进屋子的角落，打开插画书或者摆弄玩具来安慰自己，狗狗先生、牛、小锤子、插画书中的小公主等虽然不会说话，但会亲切地怜悯我。这样，我才止住哭，但懊恼的眼泪又不停地涌了出来，我抽抽嗒嗒地说："我有这么多的伙伴，算好的了。"我恨所有的人。

十七

晚上大家聚集在茶室，我会在旁边把玩具倒出来玩。玩着玩着就困了，看着这个那个都不顺眼，就擦着痒痒的眼睛磨人。姑母就说："啊，困了吧。"她把散乱的玩具收拾好，几乎强行按了按我的头颈，让我对大家说晚安。我犟着说"不睡不睡"，却被拖进卧室。在那里，姑母抱着我睡，乳母抱着妹妹睡。当天色晚了，就立刻点上灯笼，铺好床铺，困倦的时候立刻就可以睡。冬天，要把我的好几层睡衣放在手炉上烘烤，看着上面冒出热气，姑母夸张地对睡衣吹气，再把热烘烘的衣服裹到我瘦小的身躯上。有一条被子是菊花图案的，还有一条洋花布面料的，是紫红的底色，上面染着戴菊鸟和树枝图案，晒过太阳的气味太好闻了，我喜欢俯卧着把头埋在上面闻气味。

我害怕灯暗的地方。姑母把我放进床铺后就取出一截新的灯芯接在灯上。头子上稍稍沾点油，排在已经沉在油中的旧灯芯旁，于是闪着火花，火就移了过来。她用颤颤巍巍的手把火盘中摇摇晃晃朝后面倒的剩余灯芯挢上去，再从壶嘴咕嘟咕嘟地注入糖果色的菜籽油。我还记得暄腾腾的灯芯，浸透着油，以及灯芯被压住的样子，煮油的气味等等。我最讨厌虫子的尸体黑黑地沉在那里，还有粘在灯盘边上丁字形的余烬。于是，姑母每天换油，并用已经钝掉的小刀除去余烬。对我这个胆小鬼来说，不知道什么道理，灯这个东西也有些可怕。在床铺里强睁困倦的眼睛看着以丁字形的余烬的尖头为中心的火焰成纺锤形，像一个细长的眼睛。另外姑母把脸贴近灯去挑灯芯，几乎要烧焦鼻子的样子，这时映出她的影子巨大无比，让我觉得像是什么怪物。姑母把火柴放回抽屉，一边还为被火诱惑而烧死的虫子的来世念佛。我还担心灯光照射不到的屋顶有妖魔，睡不着觉。于是姑母把灯放下来照了照屋顶说："看，什么也没有吧。"让我安心。我想妖魔一定是披头散发的黑乎乎的东西。姑母说："夜

047

里感到害怕时叫我哦,我很厉害的,什么妖魔鬼怪都要逃的。"又说了各种故事让我入睡。姑母虽然不认得方块字,但博闻强记,几乎有无尽的话题。而且她又擅长用自作主张的想象去填补被遗忘的漏洞,把故事接下去。什么武士呀,公主呀,她能够活龙活现地做出表情和声色,末了,她扮妖魔时的脸在昏暗灯光的照射下看上去像真的一样。

十八

　　故事中最悲哀的是在冥河滩上堆石头的孩子[1]和千颗樱树中的初音鼓[2]。姑母用悲伤的调子唱完那首巡礼歌的一折后就加上一段说明。虽然我不能充分吃透事由,但每当听到那个在娘胎里让母亲吃足苦头却又夭折而不能报答母恩的孩子,为了造塔赎罪在荒凉的冥河滩上步履艰难地堆石头,而捣蛋的小鬼又用铁棒把石堆捅塌,让他倒霉,最后心地善良的地藏菩萨护着他用法衣的袖子藏着石堆时,我被这个可怜的孩子的境遇深深打动,一吸一顿地哭起来。姑母就会抚着我的背说:"没事的,没事的,地藏菩萨来了。"说起地藏菩萨,我以为就是

---

[1] 冥河滩上堆石头的孩子:传说中先于父母而死的小孩必须在阴阳两界的界河冥河的河滩上堆起永远也堆不完的石头,以赎不孝之罪。
[2] 千颗樱树中的初音鼓:相传是用狐皮制成的鼓,狐子化作人相伴这只鼓。

在路旁柱着锡杖站着的那个石佛的模样。

由信佛的姑母一手拉扯大的我并不区别对待兽类和人类。听到狐狸的父母被扒皮的故事感同身受。白狐被扒皮的时候仍然叫着"我的孩子真可爱",这是我知道的有关鼓的三个故事中最悲哀的一个。这不是被神秘的云团裹着从天而降的那个鼓,也不是薄情人用绫扎的那个无音鼓,这是用大和国[3]原野上的狐皮绷出来的鼓,它以恩爱之情奏出思子之音。我现在回想起这个故事还能涌起同往日一样的感情。

姑母还能把《百人一首》[4]全部背出来。上垫铺后她会用一种凄凉的腔调念诗让我记,每晚坚持一二首,很有耐心。她念"伤离别",我跟着说:"伤离别";"我就像稻叶山顶的松树""我就像

---

[3] 大和国:古代日本的一个中心地域。
[4]《百人一首》:日本古代诗歌集,共收一百首作品,分别由一百位作者所作。因是非汉化的土著语诗歌,不识汉字的姑母也能理解。有一种游戏纸牌,每张牌上印有《百人一首》中的一首诗歌。

稻叶山顶的松树"；"望你归来""望你归来"。就这样，渐渐我就入睡了。背得好的时候，姑母就拍拍我说："明天给你奖赏，快睡觉吧。"当我背诗歌背得快的时候，姑母就好像把我当作一个非常了不起的孩子，第二天要骄傲地对我母亲说："这孩子昨晚一下子就背出两首。"我虽然不懂诗歌的完整意思，但把其中我知道的词汇聚在一起时也能模糊地体味到一些意思，再加上朗诵的调子，也能使我感觉到某种韵味，我被深深打动。那个时候我有一副旧的歌牌，每张纸牌上就是一首诗歌和应景的画。牌面旧得已经起毛，但还能朦胧地看到白雪覆盖的松树和站立在红叶下的鹿。另外还有一本装订成书册的《百人一首》。喜欢不喜欢一首诗歌由画和作者的姿态和脸型决定。我喜欢《末松山之歌》《淡路岛之歌》《大江山之歌》等。《末松山之歌》的吟唱声传到我耳边成了不可名状的柔软寂寞的回声，纸牌上的画中美景是，波浪打着海滨，海滨上屹立着松树。《淡路岛之歌》催人泪下，船儿行驶在海上，千鸟起飞过。《大江山之歌》让我想起插画书上被鬼怪掠到深山的小公主的故事。我非常讨厌僧正遍照、前大僧正、行尊等脸上布满皱纹的和尚,唯独蝉丸,从名字上看还蛮可爱的。

十九

在下雪的夜晚，姑母拨着火炉中的炭块吓唬人说："雪和尚[1]穿着白衣就站在门外。" 天热的时候难以入睡，姑母就为我扇扇子。我对扇子的图案也有好恶，扇子如果不是我喜欢的，我就轻易睡不着。帐子的气味很好闻，我在其中听着外面蚊子嗡嗡飞，没事做就折断一根扇子骨，随后听到隔壁寺庙的树丛中有飞来的猫头鹰在叫。姑母就说："鸽子不是好鸟，它叫一声会吐出一千只蚊子，明天蚊子不得了咯。"凉风吹来的时候，蟋蟀就开始鸣叫。有一次，我在放萤火虫的笼子里养蟋蟀作宠物，它们叫了两三声后就不响了。我悄悄看了看，原来它们咬破了绑在笼子上的罗布，全部逃走了。蟋蟀的

---
[1] 雪和尚：在雪夜中出现的某种妖怪。

叫声能让一个孩子也感受到秋天的寂寞。姑母把虫声模仿成："天冷了，快缝冬衣"，而乳母对妹妹是这样学着叫的："吃奶了，吃奶了，吃了奶就叼住奶头了。"

有时清晨早醒听到在少林寺的罗汉松上筑巢的乌鸦在叫，姑母就说："这才鸟叫头遍，再睡一会儿吧。"不伺候我起床。鸟叫了第二遍，又叫了第三遍才扶我起来。总是让我睡到合适的时辰。

到了黄昏，卧室前枝叶茂盛的珊瑚树上飞来大量寻找栖身之处的麻雀，它们摇着头，磨着嘴，为了争夺树枝上的位置互相啄来啄去，吵吵闹闹。太阳公公渐渐隐去，余晖昏暗，而后消失，那些迟睡的鸟儿这才一个一个安静下来。我把这些麻雀当作朋友，当鸟叫三遍我还没起床的话，我会想到麻雀们纷纷飞离栖处，它们叽叽喳喳的叫声其实是在嘲笑我睡懒觉，这才急急忙忙地起床。珊瑚树真不愧其名，结下鲜红的果实。果实掉到松软的苔藓上，去拾这些果实也是一件让我高兴的事。

二十

屋后三四十坪[1]的空地一半成为花坛、一半成为田地。初夏时节，围栏外面走过嗓音清亮的卖苗人。姑母就叫住他们买一些蔬菜苗。稻草做的容器里装着湿润的细土，各种苗生气勃勃地张着两片叶子。带着苔草斗笠的卖苗汉子好像很郑重地把苗挖出来。姑母就陆陆续续买一些茄子、瓜之类的种到田里。每天早晚我和姑母两人一起用喷壶给那些菜苗浇水，那茄子的苗带有紫，而南瓜和丝瓜的苗像撒上了薄薄的一层白粉，苗叶在微风中摇动。每次见到时苗儿都生长了，有的爬出了藤，有的长出了新叶，最后遍布天地，垂下果实。到田里查看生长状况是一件乐事。姑母嘴里抱怨，但其实是爱照料

---

[1] 坪：面积单位，1坪约为3.3平方米。

这些活儿的,她在地里插上竹子,把藤蔓引到竹子上。藤蔓每天缠绕一下、再缠绕一下地疯长。粗粗的叶子之间开出了黄花和紫花。花上飞来了圆头圆脑、为所欲为的虻,飞来飞去,甚至钻入花中。当谎花缤纷落下的时候,真花的根部开始鼓起,又变平变长,世人所说的茄子、南瓜之类的东西就成形了。发现茄子的袋子,还有突然出现的丝瓜,还有长着一粒粒疙瘩的讨厌的黄瓜等东西时,别提有多高兴了。还有,刀豆、扁豆,和像长在秃笔上一样的葱花。

有一次,姑母买来茄子苗种上,长着长着却长出了葫芦。我看到几个吊着的葫芦高兴坏了,但姑母却觉得被卖苗人骗了,非常懊悔,也不怎么管了,后来葫芦全部掉了。从此以后姑母到下面镇上的菜市场去买苗的时候看到什么都怀疑是葫芦,甚至斥问人家:"如果种下去后,长成葫芦的话我可是要来退货的,行吗?"

在围绕着田地的垄上,祖母埋下的栗子和我捡来后撒下的胡桃发芽了。还有祖母喜欢而种下的凤仙花的种子散落各处，又各自长成、开花了。好像也没有什么特别好看的地方，但我也喜欢凤仙花。有时候随意摘下花来染指甲。捣碎胭脂花的果实后，取得白粉，也很有趣。还有杏花、粉红的桃花。有一颗巴旦杏的老树，上面开着云一样的青白的花，这是我们兄弟姐妹几个的最爱。我们赶走乌鸦，生怕它们会来。好大的果实像铃铛般挂满枝头，树枝弯下都碰到地面了。够得着的地方就用手摘，高处枝头上的就用杆子打下来，把箩筐装得重重的才回家。花坛里开着卷丹和白百合。我看到太明亮或者太浓郁的颜色，比如像百合雄蕊头上褐色的花粉，常常会感到胸闷。

二十一

附近有一座阎王爷的庙。到了打开地狱之釜的盖子的日子,阴郁的钟声响起,像在催促人。姑母就给不大想去的我穿上浅蓝色的单层和服,在我胸部束上薄呢的束带,带着我去瞻拜。盂兰盆会的时候必定要穿这件单层和服,所以浅蓝色这种颜色也会让我郁闷。窄小苦闷的院内一直到门前挤着各种摊位,有卖五厘[1]一杯的刨冰的,有卖关东煮的,有卖寿司的。气球哔哔的声响,小贩的吆喝声在沙尘中吵得不堪。系着围裙的小伙计们好像自己就是阎罗王似的欢闹转悠。我对这类人特别厌恶。走上两三级石阶,穿过贴着"参拜千社"纸片的朱红大门,右边是小的阎罗室,脸型粗野可鄙的阎罗王在

---

[1] 厘:货币单位,1000厘为1日元。

里面等着。香火的烟雾闷在其中，镇上的小孩咚咚咚咚咚咚不停地敲钟，我的头都快炸裂了，非常痛苦，姑母却把撞木[2]找来非要我也敲两三下，待仔细看完阎罗王的脸后才出去。喘了一口气后又被带到正殿冥河婆婆[3]处，眼窝凹陷瞪着圆眼珠的白发苍苍的婆婆头上顶着数枚红白锦缎坐在那里。我因为不愉快和天气热，常常头痛，但是讲迷信的姑母总是说这说那地每年非要把我拖去。

到了涅槃会的日子，姑母就挂上卧佛的画轴，前面放一个小桌子，好上香。这幅虫蛀过的画轴和佛坛上的那个乌黑的大黑菩萨像是姑母那边仅剩的两件财产。姑母跪坐在小桌前念佛，一边让我上香，一边又会讲各种各样释迦佛的故事让我听。释迦佛的周围聚着的，以象和狮子为首，还有阿修罗、紧那罗、龙族、天人。听着迷信家巧妙的故事，这些东西看着看着就像是活的那样，我不觉流出了眼泪。

---

[2] 撞木：佛教用品，撞钟的锤子，多为丁字形。
[3] 冥河婆婆：传说冥河岸有公公和婆婆抢夺死者的衣服。

沙罗双树的树梢上云雾缭绕,上面有个美人看下来,她叫摩耶夫人,据说是释迦佛的母亲。摩耶夫人从天上投掷下来的药袋挂在沙罗树的树枝上,但谁都没有注意到。释迦佛涅槃的时候,连父母都要离别,我觉得佛很可怜,哭了出来。

二十二

　　每月三次供奉大日菩萨的日子，如果不下雨的话，姑母一定会带我去。我拉着她的衣袖走，她的外褂被我扯歪后，她就停在路上整衣服。在人多的地方，因为我抓得很牢，要一个手指一个手指地掰开。姑母外褂的束带由我帮她打成死结，我的束带由姑母打成琴结[1]。到了大日菩萨那儿就让我投掷香钱，随后说："请赐香蜡。"从堂中地板锃亮的地方传出一声"遵命"，就走出一个年轻的和尚，点燃蜡烛竖在主佛前。姑母一心一意地念完佛，说："这下行了。"就让我抓着她的衣袖出了庙门。她把平素念叨的"菩萨保佑这个孩子病体康复，走在路上不要受伤"等愿望汇集到一起，在这做道场的

---

[1] 琴结：在琴上绷琴弦时的那种打结方法。

日子向大日菩萨祈祷。

做道场的日子大批乞丐来了，他们排在庙墙边。我到那里的时候他们还没有来齐。瘸子和瘫子中走得快的两三个人在铺草席做准备。我受到姑母的感化，不知何时也对这些乞丐施舍，体验慈悲心淡淡的满足。乞丐中有一个长相端正的女瞎子在弹琴。那个时候琴还不像现在这样普遍，姑母就和乳母常常闲言，那一定是从前幕府重臣家的人，或者是侍奉豪门的人沦落至此。她用几乎听不到的哑声唱着琴歌。琴爪在琴弦上轻拂翻滚，琴身上有云一样的木纹，琴身上散立着雁形的琴柱，这些看上去都很新鲜很美。

二十三

稍微早一点去的话，可以看到杂耍师傅们像蜘蛛那样在搭棚子。旁边是放着杂耍的道具和动物什么的箱子。我充满好奇地看着，随后海报牌子就挂起来了。大多是令人不快的，什么"大眼美人鱼游海""大蛇吐出分叉的舌头要吞鸡"之类的。其中，有时会有老鼠的把戏。天蓝色的招牌上画着无数个穿着各种衣服的白鼠围聚着日章旗图案的扇子杂耍。我很起劲，每次都要进去看这个。好几只小白鼠出来，表演拉板车、从轱辘井中汲水等。压轴戏是从纸糊的仓库中叼出小小的米草袋，堆起来。褐色的斑点、雪白的身体、还有混在一起乱跑的样子，极其可爱。耍老鼠的是一个三十岁左右的女人，束着头发，这在当时还非常少见，带着帽子，女老外的装束。每当老鼠搬出米草袋时她就吆喝着节拍:"好好搬,好好搬。"慌乱的老鼠弄丢了米草袋,米草袋滚入观众席时,其他小孩就马上捡起来扔回去,女人便会和蔼地微笑点头说谢谢。米草袋也常会滚到我前面,我也想捡起来扔回去,但不知为什么总是神情慌乱,不敢出手。老鼠表演结束后,女人从染成蓝红相间的笼子里放出一只鹦鹉让它学舌。鹦鹉老老实实地停在女人的手上,说着女人让它说的各种话。情绪不好的时候,它会竖起冠毛咔咔乱叫而不说话。这时女人也没有办法,歪着头说:"太郎今天怎么了?"最后我想着鹦鹉那如画的姿态,如钩的嘴,乖巧的眼睛,恋恋不舍地离开小棚屋。

二十四

　　夜店中让我动心的有果哨[1]摊。摊主摇着装有齿轮的竹筒吆喝着："果哨啦，果哨。"铺着枯树叶的竹架上摆着红、蓝、白各色果哨，滴着水滴。扇子形的海果哨、鬼火一样的朝鲜果哨、天狗果哨、大刀果哨，这些都是海果哨，皮袋子中还有海腥味的水锈。此外还有田果哨、串果哨。摊主大叔摇着竹筒吆喝："果哨啦，果哨。"因为我吹不响其他果哨，所以只买海果哨，爱惜地握在手里回家。田果哨的样子就像穿着深红色法衣的和尚。剥开来一看蚊子叮在上面。姐姐很懊丧，摔到榻榻米上。蚊子这家伙真是坏家伙。果子还青的时候就吸好了甜

---

[1] 果哨：去除酸浆果实中的种子后，将其放入口中吹的一种玩具。也有用螺的卵囊做的，称海果哨。

汁。这样的果哨的"和尚头"上有颗小星，摸着摸着皮就破了。

夏天昆虫店也有诱惑力。扇形、船形、水鸟形等各种虫笼垂着穗子，金琵琶、金铃子等虫子在吟吟吟地叫。蝈蝈的叫声像拉门的声音，纺织娘沙沙地叫。我要的是金琵琶和金铃子，可是姑母却总是只买蝈蝈。我就故意去买姑母讨厌的纺织娘来，让她一夜睡不好。这些虫子都被装在四角有红色或者蓝色柱子的简易的竹笼里。把碎瓜皮插到格子中后，虫子就咬着抓着撕成丝片后走开。一副不知所以的脸，还有长得不相称的后腿朝后面伸着，这些看上去都怪怪的。

我们也会买一些盆栽的花草回来。睡觉前说是要让夜露滋润，就把它们拿出去放到屋檐下。看着这些花时的童心真是不可名状，那是后来再也无法感受的清纯无垢的喜悦。受到花的引诱，次日清晨一早起来，来不及换下睡衣就揉着惺忪的睡眼去看，花和叶子上滴满了晶莹的露珠。天鹅绒般的石竹花、发髻形的三色堇菜花，还有金盏花等鲜活地映入眼帘。

有次我买了插画书后就把它卷起来，当中用带子缚住，轻轻拿在手上回家，时而把它当作筒来窥视。于是大家就说："让大家看看有多好看。"我就恋恋不舍地慢慢打开让大家看。每个人都瞪圆了眼珠子说："我要，我要。"方框线的外面用红墨水写着"新版动物大全"。有伸长鼻子笑嘻嘻的大象、撅嘴的兔子、鹿、羊，都很可爱。其他动物都一个个老老实实的样子，只有熊在和通红的金太郎[2]摔跤，还有鼻尖像竹笋一样拱出来的野猪被仁田四郎[3]摁住。我显摆了一圈以后，就说着"大家晚安"，收回书进入卧室听姑母解说图画，再反复看几遍后，将它放在枕头旁睡觉。

---

[2] 金太郎：传说中住在山上的怪童，以熊等动物为友长大。
[3] 仁田四郎：古代效忠将军源赖朝的武将仁田忠常。

二十五

我这胆小鬼在人前是不开口的,看到什么想要的东西就扯姑母的衣袖默默地站住。姑母心领神会地环视周边,这个那个地问我到底要哪个。直到她指对为止,我就一直摇头,实在指不对的话,没有办法,我只好自己用手指,随后又害羞地用口含着收回来的手指。一物降一物的玩具[1]我非常喜欢,但是姑母讨厌蛇,不知不觉中就把这玩具收拾掉了。竹做的兔子能轻轻跳跃。天气暖和了后,胶就软化松弛了,兔子不能再劲头十足地跳跃,渐渐就只能撅起屁股横躺下来。此外,还有鸟笼里装着假鸟的玩具,只要吹鸟笼的把柄,鸟就会叫喳喳地转圈。另有一种叫鲷弓的玩具,鲷鱼摆着尾巴沿着弓身吱

---

[1] 一物降一物的玩具:用磁铁表现鼻涕虫吃蛇、蛇吃蛙、蛙吃鼻涕虫的玩具。

啦吱啦滑下。这些都是我喜欢的。

秋风扫来的夜晚，摊贩的煤油提灯中的火发出寂寞的声音，灯心就像一只发红的眼珠。这个时候那个卖葡萄糕的婆婆就无比可怜。葡萄糕是啥，我不知道。年过七十干瘪成一团的婆婆点上写着"葡萄糕"字样的破灯笼，在小台上排放了几个纸袋，但从来没有看到过有人买。我觉得她好可怜，拼命缠着要买，但因为实在太脏了，姑母犹豫再三也没有给我买。几年后我已经能够一个人独自去看做道场了，那个婆婆还在荞麦店的角落里摆摊。每次赶集的时候我都要在她面前走过来走过去，忍住眼泪。但却总是没能说买，违心而归。尽管如此，某天晚上我还是下定决心走到葡萄糕的灯笼旁。婆婆以为我是客人，说着"欢迎光临"，就拿起了纸袋。我不知道说什么好，慌忙把二钱铜板丢下，头也没回地逃到少林寺的树丛中。胸口突突突地跳，脸上像火烧似的发热。

八幡宫的音乐祭礼我最不愿去，因为那个压扁鼻子的蠢面具,眼珠子不着调的丑角脸,还有粗鄙的玩笑,都让我心里不好受。但是,家里人都想治好我的抑郁,出于这种无知的好心,连姑母都站到大家一边,硬要拉我去。到了九岁、十岁时,我恳切地对大家诉说去那种地方的痛苦,可是大家认为这是我的借口,常常蛮横地逼我去。这种时候,我就到附近的原野,躺在大树林立的崖边,看着山岭,消磨时光。

二十六

这一带的小孩比起神田那些捣蛋鬼来毕竟温和多了，加上道路清静，对我这样的人来说，这里是个恰好的世界。而姑母却拼命帮我找适合做我玩伴的小孩，之后找到了对面一个叫小国国的女孩。小国国的爸爸是阿波藩国的武士，最近我才知道他是当时一个有名的志士。姑母不知什么时候打听到小国国体弱文静、有头痛病，觉得这和我是绝配。有一天，姑母背着我走进小国国她们在玩的门内空地，说着："这是个乖孩子，一起玩吧。"就把老不情愿的我放下来。开始时大家有些冷场，可一会儿就生龙活虎地玩起来了。我把这一天当作仅仅是见面的日子，只抓住姑母的衣袖，观看了一会儿就回家了。第二天我又被带到那儿。这样过了三四天，互相之间有些熟了,对方有什么乐子笑起来的时候，我也露出笑脸。小国国她们一直在玩"荷花开了"。姑母从此就在家耐心教我这首歌谣，让我练习。等我练会了后的某一天，又把我带进那对面门内。就这样把孤僻的我硬塞到小国国的旁边，但是两个窝囊的小孩不好意思，并不把手伸出来，于是姑母连哄带骗把两人的手拉到一起，让两个小手掌合在一起，又让小小手指弯起来，从上面用她的大手握住，这才让两个小手连接起来。我此前从来没有让人握过手，这时感到有些害怕，还生怕姑母会走开，一个劲地朝姑母看。因为新加进来这个不合群的我，孩子们很扫兴，一直停在那里不转圈。看到这种情况，姑母跳到圈中，劲头十足地拍起手，唱起歌谣："啊，开了开了，开了什么？"脚踩节拍转了起来，孩子们不知什么时候也被带进、小声唱起，我也受到姑母的催促，一边环视大家的脸，一边偷偷地跟着唱："开了开了，开了什么？开了荷花……"

小小的圈子这才有点转起来，姑母赶忙大肆鼓劲。歌谣的声音渐渐大了起来，圈子也越转越快。生平还没有好好走过路的我心跳加快，头晕眼花，即便要想撒手也被玩得入迷的大家拉着转。后来，孩子们唱着："刚开了，嗨哟，又合起来了。"就一下子缩到姑母周围。姑母唱着："错了，错了。"就从圈中溜出。

"合起来了，合起来了，什么花合起来了？荷花合起来了……"大家手连着手伸出去，合着拍子摇晃着身子唱。

"刚合起来，嗨哟，又开了。"

合起来的荷花又一下子开了，我的双臂被向两边拉开，好像要掉了。这样的事重复了五六遍后，因为不习惯运动，又费了神，我筋疲力尽，让姑母掰开和我连在一起的手，回家了。

二十七

　　小国国是我第一个小朋友。起初,只要姑母不在身边我就不会玩,姑母也照顾到我不习惯,从来不离开我身边。后来,考虑到这里和神田那边不一样,完全像是为我这样的孩子特设的世界,安静安全,姑母在反复叮嘱了"车子来了就到大门里面玩""不要靠近水沟旁边"等后,就把我留下玩,一个人独自回家了。

　　这下只有我和小国国面对面,她就按孩子之间接近时的礼仪,问我父母的名字和我的出生年月日。她问我属什么时,我如实回答"鸡"。她说:"我也属鸡,我们做好朋友吧。"于是就学叫"咕咕咕,咕咕咕",一边扇动衣袖学鸡飞的样子走。相同的年龄不知怎么让我感到高兴和眷恋。小国国向我诉说她被自己家人戏称为瘦猴和长脚蚊子，我也因为被大家叫做章鱼脑袋而懊恼，能从心底里同情朋友的境遇。种种谈话后发现我们在每件事上都有一致的看法。我们成了好朋友。小国国黑黑瘦瘦的，鼻子很高，垂着刘海，用红头绳扎着辫子。

我们两人有时靠在蛀迹斑斑的门柱上，有时蹲下来弄泥巴，脸几乎要贴在一起了，互相诉说着诸如"昨天掉了第几颗牙""哪个手指扎刺儿了"之类不着边际的话，情投意合的时候就无拘无束地哈哈大笑。记得好像小国国掉了一颗尖牙，笑的时候那个地方就像一个洞眼。在家的时候只有姑母作伴的我成了小国国的朋友，好像一下子长了很多见识，能分善恶。虽然我们年龄相同，但我因为落后太多，玩的时候什么事都听她的。

附近有个叫小峰的孩子，比我俩大一岁，常常使坏，妒嫉心也强，遭到大家的讨厌。因为每天都要见面，孩子们相处时也不得不大家一起玩。有一天，我和小国国又说起年龄的事,"咯咯咯,咯咯咯"地扇动翅膀,结果小峰说:"我属猴的。"就来挠我们俩。

二十八

小国国的梳子是涂成红色的,上面有菊花纹的漆画。她还有一把簪子,垂着用深红色和浅蓝色的绉纱做成的避瘟药袋。小国国有了什么新买来的东西后总是炫耀着拿出来让我瞧,但当我正要好好看一下的时候却总是藏到衣袖中去,让人着急。我每次看到那些东西时,总是遗憾自己生来为什么不是一个女的,也奇怪男的为什么不像女的那样装扮得美一些呢。

小国国想要玩捉迷藏的时候总是说"昨天后院的草丛中钻出来三只眼的小怪物""赤链蛇在那盘成一团"等先吓唬吓唬我后,让我在李树背后闭上眼睛,自己就藏到哪儿去了。我先在家里转一圈,再到后院去找。在进入园子的转角处,有用竹篱笆围起来的一块地，里面养着两只鸵鸟。我很害怕，想偷偷溜过去，鸵鸟却伸起像惠比寿菩萨的帽子那样的脑袋，摇摇摆摆地追过来。总算通过那个地方，去往茶园的方向，边上的奶牛就从栅栏上伸过脑袋，哞哞地叫。这个让我害怕，所以茶园总是草草地过一下，就到院子里找。那里有好多大树，不太好找。环视周边，谁也不在。回去的路上有牛和鸵鸟等着，我开始心怯，叫了声："好了吗？"只有自己的声音在回荡，之后便是鸦雀无声。想到小国国可能骗了我到其他什么地方去玩了，就越发感到寂寞，希望姑母早点来接我，一边又轻声说了句："好了吧。"好像看到了她在那，跑到竹林的入口处，却只看到墙根对面庙里的银杏树黑森森地耸立着，竹林里山茶和皂角长得茂盛，显得一片昏暗。我担心会不会真的有三只眼的小怪物钻出来，就呆立不动。这时，深处便有偷笑声。我这才重整旗鼓跑了进去。但是，地上到处是竹子的残株和根，还有刺人的荆棘，这对我来说就是刀山啊，根本无法落脚，因为平时就算有一块小石子，姑母也会考究地替我处理掉。再加上感觉到处有赤链蛇盘踞，非常恐怖。总算一步一步踩进去，快找到时，小国国在黑暗的角落里说着"妖怪哦"，就翻着白眼跑了出来。尽管我明明知道这是小国国，却毛骨悚然，叫着："说过我讨厌这个的。"就逃了出去。小国国就觉得很有趣，我逃到哪儿，她就追到哪儿。这下轮到我藏了。但是我不可能躲到树丛中，再说她熟知地形，一下子就找到我了。有时意外找不到我，小国国就回到家去吃点心。我不知情，等呀等呀她也不来，就说："好了，天亮了。"就出来了。这时她就一边嘟囔着："这不？找到啦！"一边走了出来，接着说："给你一颗吧。"就给了我一瓣金华糖。

二十九

我们俩非常喜欢纹身贴纸。没有什么比得上嗅到那股油墨味时的心情了。我们比赛谁先在身上印上花纹,贴上纸后黏糊糊地涂了口水,再用手指按擦。用手按着各种颜色的鸟和动物,拉开或压缩皮肤,觉得很有趣。过了一会儿干了,发痒了,就挠着周边的皮肤忍耐着。有的时候在两条手臂上贴上配对的花纹,为了不掉色,尽量不让衣服碰到,非常当心,但到第二天早上一看,花纹破碎,已经不知道像什么东西了。早饭几乎还没吃完我就怯生生地跑到小国国家说:"已经变成这样了,真对不起。"说着装模作样地挽起袖子给她看。她瞪着眼睛,看到确实一塌糊涂了,就好像被逗乐似地笑着说:"我的也成这样了。"

樱花散落的时候,我们就把花瓣用线串起来,看谁的花瓣多。

有天我们在小国国家门前玩过家家,在碗里盛了红饭,把酸浆草的果实当作黄瓜。小峰跑过来说:"我们玩吧。"

小国国对我耳语:"这个讨厌的家伙,我们教训教训她吧。"就悄悄扯了一把长在墙根的猪殃殃[1],突然扔了过去,还说:"这是迷恋你的猪殃殃。"对方也好像不服输的样子回敬了猪殃殃过来。小国国手中有一大把,分了一半给我,我就像要报尽平生之仇那样扔了过去。

"迷恋你的猪殃殃!"

"迷恋你的猪殃殃!"

---

[1] 猪殃殃:长着刺毛的杂草,容易粘在衣服上。

"迷恋你的猪殃殃！"

小峰受到突袭，寡不敌众，逃了。我们追上去使劲扔。看着看着她背上就粘满了草。小峰板着脸瞪了眼，挂着一身猪殃殃草回去了。胆战心惊地看着她走，生怕被她的目光刺穿的时候，她又忽然回过头来，可怕地伸了伸下巴跑走了。

蚕豆的叶子被吸了后，就会像雨蛙的肚子那样膨胀起来，我觉得很有趣，就常到田里去摘蚕豆叶，因而经常挨骂。把山茶花的花瓣放在舌头上吸气，会发出筚篥[2]那样的声音。

到了春天，像儒官[3]家那样的正门前的李树上开满了云一样的花，那青白色的花在耀眼的阳光照射下散发出幽香，飘荡在四周。附近的孩子们都到这树荫下玩各种游戏。听到他们的声音后，姑母就

---

[2] 筚篥：雅乐中的一种管乐器，古代从中国流传到日本。
[3] 儒官：江户时代幕府的世袭官职，专司文化教育。

带我过去,对他们轻声耳语了几句就一个人回去了。他们都比我大三四岁。因为我姑母非常疼爱孩子,所以他们和她混得很熟,叫她"小勘家的姑妈",自然就很照顾我让我一起玩。奇怪的是,他们比我大很多却玩什么都输给我,玩鬼捉人时总是抓不到我,玩转陀螺时谁的也碰不到,不可思议。于是我稀里糊涂地赢了。回到家趾高气扬地说出去后,大家都称赞"了不起"。自己糊里糊涂被别人让了,却轻易发现不了。

三十

有一个半农半商的老汉也住在这一带,开了一家麦芽糖店。只要天气不错,他就吹着七孔喇叭[1]拖着车子来了。那种喇叭声能摧毁所有和谐,却特别打动孩子们的心,家里的孩子们都跳出家门,在玩耍的孩子们也马上停住玩耍,飞奔过来。那些用刀插着木棒碎片的家伙,还有把沾满泥土的陀螺揣在怀里的家伙,都围上来哇哇乱闹。麦芽糖以外还有抽奖和粗点心等,所以大家你争我抢翻开红的蓝的纸片抽奖。老汉把沉在桶底的琥珀色的麦芽糖拉扯上来,在木筷头上弄出一个油亮的和尚头。张开嘴把这个放进去转时,浓浓的甜味溶化在唾液里,慢慢地越变越小。

---

[1] 七孔喇叭:一种木管乐器。

头顶糖果盆的卖糖人也来了。箍着几圈黄铜箍的盆子的周边插了一圈小太阳旗,旗杆的顶上是鸳鸯形的红白糖果。卖糖的汉子穿着鲤鱼登瀑布图案的浴衣,咚咚咚打着鼓,肩和腰合着节拍扭动着,后面头顶手巾的女人一个劲儿地弹着三弦琴。如果谁买了许多糖的话,女人就戴上丑面具跳舞,孩子们呼拉围成一圈看。于是,她扭头甩袖的,合着三弦琴乱舞,踩着古怪的步伐追了过来,大家尖叫着逃窜。舞蹈结束后,汉子说了声"真是闹哄哄的",就把盆子顶到头上,为了助兴故意把盆子弄掉在地上,装作哭哭啼啼地回去了。

小国国的父亲骨骼雄壮,很威严的样子。因为工作关系经常不在家,偶尔在家时总关在二楼写什么东西。孩子们如果稍微闹一点的话,立即会遭到他的训斥,所以他在家的时候我不去玩,她也老老实实地缩在家里。有时碰巧不知道她爸在家,我去喊:"小国国,出来玩吧。"她就把门拉开一条缝,把大拇指放在鼻子尖,好像很害怕的样子,对我摆了摆手。

桃花节[2]的时候我受到小国国家的邀请，去她们家玩。阳光充足的客厅正面放着高高的女儿节偶人坛，上面陈列着漂亮的偶人。我们家的偶人小得几乎能放进眼睛，而小国国家的有五倍大，我把一个个偶人看成活的，身体缩成一团，对"她们"一一行礼，引得大家一阵笑。这时，我以为不在家的她爸爸意外登场，这可怎么办？我看看偶人的脸又看看她爸的脸，蜷缩成一团，马上就要哭鼻子了。她爸看到我发怵，罕见地笑着帮我用纸包糖炒豆，问了我"几岁""叫什么名字"之类的问题。随后又问我："在这里的人中间谁最吓人？"我老老实实地指了指她爸，大家又哄笑起来。"安安静静老老实实的，我就不会训你们。"说着就上二楼了，我这才喘了口气。

---

[2] 桃花节：原本在旧历三月三日，明治维新后搬到阳历三月三日，故已与桃花盛开的季节错开，又称女儿节，这天要摆放偶人庆祝。

三十一

　　平静的童年时代的那些玩耍让我倍感亲切。其中特别快乐的是傍晚时的玩耍。尤其是初夏，看着太阳和被晚霞映红的云朵渐渐离去，想到马上得回家了，就更加珍惜时光，孩子们更使劲玩。小国国已经玩厌了躲猫猫、捉迷藏、安全地带、踢石子，她捋起了刘海，让风吹拂汗津津的额头，说："接下来玩什么？"我用衣袖擦了擦脸说："竹笼，玩竹笼吧。"

　　"竹笼，竹笼，竹笼里的鸟，什么时候飞出来？"

　　下雨的时候，围栏的杉树垂下了头，嫩芽上聚着水珠，闪闪发光。摇一摇围栏，水珠纷纷散落，我觉得蛮有意思。过了一会儿，水珠又像刚才那样聚了起来。

我们玩耍的一个角落里有一棵巨大的合欢树，蓬蓬地开着粉红色的花，到了傍晚，树叶不可思议地睡了，飞来漂亮的蛾，扇动着厚厚的褐色翅膀，像疯了一样从这花转悠到那花，感觉怪怪的。小国国摸了合欢树的树干后就说手痒，拼命搓手，手心的皮都像要搓掉了。

夕阳映照的云朵渐渐褪色，静静等着升空的月亮就隐约洒来光线。两人仰望这柔和的天空，唱起了童谣《月亮几岁了》："月亮几岁了，十三夜，七点钟，还很年轻……"

小国国用双手做出戴上眼镜的手势说："这样看就能看到兔子在打年糕。"

我也学着她的样子探视。那个朦胧的圆圆的国度里有一只孤独的兔子在打年糕，这情景让无垢而充满好奇心的孩子感到无比高兴。

月光亮起来后，就追着轻轻漂浮的人影，玩影子和灯笼[1]。于是姑母便来接我回家，说："都到第二天早上了，快回家吧。"我使劲抵抗不肯回去，她就故意做出跌跌跄跄的样子，说着："真吃你不消，真吃你不消。"却连哄带骗地把我往回带，一边对小国国说："明天再来玩吧。"小国国和我们说再见，在路上唱着回家的儿歌。我还恋恋不舍，也跟着对唱，一直到走进家门。

---

[1] 影子和灯笼：一种儿童游戏。

三十二

我们就这样安安稳稳的过着日子,却终于迎来了两人的一件大事。这就是两人到了八岁,不得不上学了。先前姑母背着我到学校给姐姐送过盒饭,所以我也知道学校是什么样的。那种遍地都有恶童使坏的地方我怎么去得了?每天晚上在茶室里拿出玩具箱玩的时候,父母就唠叨着劝我去上学,我顽固地摇着头。母亲说:"不去上学的话,将来就成不了有出息的人。"我说:"没有出息又怎样?我才不要有出息呢。"父亲说:"不去学校也不能待在家里哦。"我说:"那我就和姑妈一起带上玩具箱出去。"这种使尽小聪明的抗辩也好,体弱多病者的悲叹也好,起初也就被笑笑听过去了,但是随着开学的日子渐渐逼近,拷问也越来越严厉,可怜的我每个晚上都哭着被姑母带到床铺上,这期间不管三七二十一，书包买来了，厚纸做的笔盒、练字用的大毛笔等全都凑齐了。姐姐们都说买的是好货，表示羡慕，但我才不要看到这些货色了。除了狗狗先生和红牛我什么都不要。只要在外面时和小国国玩，在家时和姑母玩树果游戏就行。我想不通，我这么讨厌上学，但他们为什么硬要逼我去。

有一天我忍不住对小国国谈到了这件事。她说："我也为这事每天挨训。"小朋友们似乎也都不喜欢学校而为上学这件事烦恼。于是两人坐在李树根上彼此告白、彼此安慰。分别的时候小国国说："我怎么也不去学校，你也不要去吧。"

我坚决承诺后回家了。

三十三

到了快开学的日子,我起早就反复嚷嚷:"小国国不去的话我也不去。"总算挨到天黑。那天晚上我被从卧室的藏身处硬拖出来,拖到茶室的"法庭",受到威胁利诱,但我下了决心抵抗,结果我哥哥突然抓住我的领子,用一个奇妙的动作把我摔倒在榻榻米上,紧接着就给了我一个耳光。

"你干什么啊?这孩子体弱。你们这是干什么啊?我会好好跟他说的。"姑母说着就护着我逃回了卧室。哥哥在高中练习柔术。第二天我气鼓鼓地鼓着腮帮子也不吃饭,就躲在卧室里,姑母担心地偷偷拿来供佛的食品给我吃。这天突然一下子就发高烧了,平常就脾气很坏的我,这天一个晚上都没好好睡,姑母也彻夜不眠,一边反复念佛,一边看护我。这样躺了四五天，也没有人谈学校的事了，头痛这才好了。就在热度退后我起床的那天晚上，拷问又开始了。我已经完全下定了决心，仍然坚持说："小国国不去的话我也不去。"不知道为什么这次没有遭到苛待，他们只是说："那小国国去的话你也去，对吧？"

我说："一定去。"

第二天，姑母背着脸色铁青的我在放学时分到了学校门口。到学校只有大约一町半的路程。铃声响后不久，学生们就陆续走了出来。结果意外看到小国国抱着同样的包袱精神抖擞地走来，姑母就夸她了不起，她就得意洋洋地说起了学校里的事。我在姑母的背上觉得小国国太可恶了。那天晚上，我没有办法，只好答应去上学。

次日，我穿着和服和父亲一起进了学校的大门。之后被带到老师们的屋子，那里有个装有玻璃门的橱子，里面有地球仪、鸟和鱼的标本，还有奇珍异兽的挂图等好多让我心动的东西。这些名称都是我后来学到的。父亲仔细介绍了我脑子不好、身体虚弱、胆子小等情况，这让我无比羞愧。老师听了这些，上下打量了我后点点头，温和地问了我各种问题：

"你几岁了？"

"你叫什么名字？"

"你爸爸叫什么名字？"

"你家在哪里？"

这些情况家里也教会了我，再加上老师也比想象中亲切，于是我安心回答了。老师因为听到说我脑子不好，所以可能以为我是弱智，就问了我许多事情测试。最后说："这样的话可以的。"就允许我入学了。这天就回家让姐姐们教了我学校的规矩，怎么鞠躬，怎么扣书包上的金属扣子等等。次日戴上有樱花标记的帽子，斜挎着手上拿不下的包，心情混乱地由姑母牵着手带到学校。让别人看到我这种不老练的样子令我羞愧，对未知的学校生活的担心也刺痛我小小的胸膛，我盯着自己的手指甲慢慢地走。姐姐们把我带到教室，让我坐在第一排。这是普通一年级乙班，收的是一年级中按出生月份算年纪相对小的或者智力差的学生。

三十四

先来的小孩已经熟悉了学校的环境，像我这样的胆小鬼一个也没有。他们为所欲为地吵闹着。不经意间，还听不惯的铃声锵锵地响了。在近处听到的话，震到耳朵的深处，非常讨厌。姐姐们说，到下一次课间休息玩耍时间再来，姑母答应就在门外一直等到下课，说完她们就出去了。一个人孤零零地，胆颤心惊地扫视了一圈，都是些看上去很强悍很凶恶的家伙，他们也做出怪脸毫无顾忌地盯着我。我缩着，只看着桌板上的节孔。这时走进来的就是班主任老师古泽先生。此人一脸麻子，初看上去很吓人，实际上亲切友善，素有好评，学校中的学生们都叫着"古泽老师，古泽老师"，和他混得很熟。书比姑母教过我的"狗汪汪，猫喵喵，鸟喳喳"之类的插画书、还有"狗，筷子，书，桌子"之类的图画书还要简单，所以我也不怎么看着书，就呆呆地望着老师花白的头发被风吹拂。上课结束，淘气鬼们就像雪崩一样从周围的教室里冲出来，在操场的藤架下玩蛙跳、鬼捉人，比谁是大王。我之前一直活在小国国那个小小的世界中，不知尘世，现在一下子头晕目眩，战战兢兢。姐姐的朋友们说着："这就是那个传说中的弟弟吧。"就一个一个过来把我围了起来。她们老成地示好，问一些老套的问题，几岁啦，叫什么等，她们从四面八方用问题之箭射我。我这个可怜的胆小鬼就像一头被一群雌豹袭击的驴，惴惴不安，头也不敢抬起，只会点头和摇头。就在此刻，倒霉的事情发生了，一个老师走过来突然抓住我的衣带，叫了一声"起"，就把我拎在空中，从早上开始一直在我眼睛深处积累的泪水一下子涌了出来，两脚一晃就哭了出来。老师吃了一惊，说着："这下不得了，对不起了。"就把我放下，用手帕给我擦眼泪。后来才听姐姐说，那是姐姐的班主任老师，那是在疼我。姐姐还告诉我以后再碰到这样的事情不许哭，我这才明白这是怎么回事，我想下次不会哭了。但对方大概已经受够了,再也没有这样疼我了。

　　接下来的书法课上的事件才是出格的。有一个家伙打翻了墨水瓶在哭。还有一个家伙只在练字本上画了好多团子,被老师训了。在这种情况下,古泽老师仿佛忘了世界上还有"厌烦"两字,从上到下不停地忙乎,拍拍这个那个的腰,手把手地一个一个教我们练字。我握着毛笔的手被沾满白粉笔灰的手抓着,身体缩成一团,笔尖乱抖,老师一遍又一遍地帮着我重写。因为刺激实在太大,不习惯,我犯了头疼胸闷,这一天就这样回家了。姑母用水给我冷却头部,说:"了不起的,了不起的。"从木枕[1]的抽屉中取出了肉桂枝,姐姐也用南京珠[2]做了护身袋奖赏我,头痛这才慢慢好了。我被一家人夸着:"了不起,了不起。"等放学后到小国国家去玩,在那儿也被大家夸了不起,自己竟也真的以为自己有点了不起了。

---

[1] 木枕:木制的箱子形状的枕头。
[2] 南京珠:一种陶制或玻璃制的珠子。

三十五

几天后,只要有人送迎到学校门口,我自己就能对付了。姑母把我喜欢的粗点心装在文蛤的贝壳里,用红纸封住,我从学校回家后把书包一扔,她就从佛檀的抽屉中把点心拿出来给我。这个那个地挑选点心是我的乐趣。后来,我转到了甲班,大家围着从乙班升上来的新人窃窃私语。不久,一个家伙看到书包上我哥哥写的德国字说:"哦,写着英语。"就走了上来。其他家伙也啧啧称奇地把脸凑了过来,问写的什么。我按照家里教好的回答说是自己的名字,大家以羡慕的眼光看着。有人就说:"混蛋,身为日本人为什么要写洋鬼子的名字!"另有人发现我带着护身袋和铃,就用脏兮兮的手来玩弄。我非常讨厌,但又害怕,所以只能任凭他们摆布。护身带是用浅蓝色和白色的南京珠编成方格条纹，铃上有蟋蟀的图案，紫色的绳带的另一端上系着玻璃的小葫芦。那个家伙就问："系这个铃干什么？"我说："万一迷了路，我姑妈听到铃声就可以来找。"他们好像很轻蔑地彼此交换了眼色。不久，因为他们过分玩弄了护身袋，不牢的棉线断了，南京珠纷纷散落。我开始哭鼻子。他们发现不妙，各自迅速撤身。说着"这不能怪我们，东西太烂了"，在远处担心地观望着。我正不知道怎么办，谁也不来帮我。哭也哭不出声，只盯着散落一地的南京珠抽泣。就在那时正好姐姐来了，我一时间悲从中来，放声大哭。他们怕我姐怪他们，就拍手唱着："爱哭虫，毛毛虫，夹起来扔掉。"哄笑着躲得没影了。姐姐说："再编一个给你。"把吵着要回家的我哄住，帮我擦了眼泪，清了鼻涕。这时铃声响了，她说下一个课间时间再来，就出去了。在屋外偷偷看完全程的那些坏家伙们趁姐姐一走就蜂拥而入，说着："刚刚在哭的乌鸦已经在笑了？"在我身旁手舞足蹈。

　　这次的班主任是留着胡子的沟口老师。和古

泽老师一样简直就是为了照顾孩子们而降生的好老师。他特别关照胆小老实的我。同桌叫岩桥，是瓦匠的儿子，欺负人的惯犯。这家伙用铅笔在桌子中央划了一道线，我的胳膊肘只要稍稍进入他的领地，他马上就给予肘击，或者把鼻屎擦在我身上。上课的时候，这个家伙对我说话，我虽然很讨厌，但胡乱回应了，结果被老师发现。老师在黑板上写了我们两个人的名字，在上面贴了两个大大的黑星。岩桥当即趴在石盘[1]上大哭，我不知道发生了什么事，愣愣地看着老师的脸。下课后姐姐进来，笑着说："你上课时说闲话啦。"我正想是谁这么快就已经告诉她了，心情很坏，就抗辩说："没说什么闲话！"姐姐说："你不用瞒我，黑板上贴了黑星。"我这才明白黑星表示犯了错误，一下子感到悲哀。

---

[1] 石盘：用以练习字画的薄板，可以擦拭重写。

三十六

　　岩桥的书本上满是用红铅笔乱涂乱画的痕迹。有幅插画上是,警察叔叔在火灾现场拉着迷路孩子的手,哭鼻子的孩子的头部后光[1]四射,警察叔叔的眼睛瞪得像要破掉那样大。他还在石盘上画上第一个小孩、第三个小孩的脸给我看,口中念念有词。我因为吃过上次那个黑星的苦头,不搭理他,他就在桌子底下不断捅拳头过来,还侧目盯我。就这样等到下课,老师一走,他就要在拳头上哈口气打过来,我逃到走廊中他看不到的地方悄悄地站着。这时候同班的一个红脸的脏兮兮的小孩手里握着什么东西说:"给你一样好东西。"就要让我伸出手。我想这家伙大概要骗我,但因为害怕还是老老实实

---

[1] 后光:传为从佛或菩萨背后放射出的神秘的光。

地伸出了手,结果他把两三个红色的树果放到我手里。虽然我不想要这样的东西,但他这是向我示好,所以还是蛮开心的,就说了"谢谢",笑了一下。五六年后我才知道,这是后院南五味子树的果实。这个人因为脸红,绰号"猴脸",因为他姓"长平",也被叫做"长屁"。他是传法院(寺庙)门前鱼店老板的儿子。从那以后长屁就成了唯一一个接近我的同学。我对长屁也尽量不想说话,但对方不知道看中了什么一个劲地和我搭话。有天他说:"下次上课时一起去小便吧。"

"那要被老师骂的,不去。"我说。

"不去的话,你就做坏蛋的儿子吧。"他说着作出凶狠的脸。

我慌忙说:"去,去。"

他情绪立刻又好起来,说:"你只要学我样就行了。"

上课开始后不久,他就举手说:"老师,我要小便。"

老师说:"真的要去?说谎是骗不过我的。"

他毫不退让地说:"真的快出来了。"

老师也怕真的漏出来,就说:"那就去吧。结束后马上回来。耽搁了就吃黑星。"

又有其他人也分别举手,他们五六个人一起去了厕所。乱哄哄出门之际,长屁看了我一眼,我这才意识到那事,胆颤心惊地学着他们的样子举起手说:"老师,请让我去小便。"老师并不知道我受到长屁的教唆,立刻允许了。

厕所离教室较远,在相邻的八幡神社的细竹丛下。长屁等在那儿，说："咱们摔跤吧。"再看其他家伙，他们越过走廊的护栏把手，有的在挖野木瓜的根茎，有的捏泥团对扔。原来这帮家伙是借小便的名目出来撒欢的。长屁催着说：·"摔跤吧。"到那天为止只和姑母玩过四天王加藤正清的我一时为难，但眼看逃不掉，就放软话说："危险的，咱们下手轻点。"胡乱交手。长屁力气大，劲头十足地喊着："开战了，开战了！"就把我扯着转了一圈，"加藤正清"惭愧地踩着自己的衣袖，一屁股倒在地上。他意气扬扬地说："太弱了。下次再来。"说完先回去了。我整了整衣服跟在后面。还不知道有没有走进教室，他就若无其事地说："老师，我回来了。"说完出人意料地低下了头。我也默默地低头。其他家伙也陆续回来，掘了根茎的家伙一直在啃根茎，被老师罚站。藏在怀里的根茎也被发现，受到严厉斥责。我再不想上课去小便了。

三十七

．

大家最喜欢的课是修身课,那是因为老师挂着漂亮的图,讲一些有意思的故事给我们听。有母熊中弹后仍紧紧抱着石头而死,不让正在捞螃蟹的熊仔受压;还有孩子王托腮看蜘蛛建巢等。漂亮的挂图让学生们看呆了,大家听得入神,要求"再讲一个,再讲一个"。老师说:"大家遵纪守礼,我就有说不完的故事。"说着一张一张地翻开讲。就这样,常常把一册挂图讲完。但不可思议的是,最前面那幅外国女人抱着孩子倒在雪中的画总是被跳过去不讲。学生们看到这情景也从来不央求他讲。在这些画中,我又特别期待这幅的故事,总是想着怎么还不讲,怎么还不讲,却最终也没有等到。铃声响了后,大家吵吵闹闹地围住老师的椅子,有人坐到他膝盖上,有人抓住他的肩膀,吵着:"再讲一次，再讲一次。"我没能像他们那么大胆，也渐渐习惯了，呆呆地看着画。老师就对我说："中君，再讲一个给你听吧，你要听哪一个？"我一下子就脸红了。"说吧，说吧。"老师又催促了。于是我用尽平生的勇气，指着那幅画吞吞吐吐地说："这个。"大家不满地说："那个没劲的。"老师也提醒说："这个不是很有趣，就这个吗？"我默默地点点头。老师这才意识到我还不知道这个故事，就说服大家为了新同学就让他再讲一遍。那个故事是讲在雪中迷路的母亲把衣服一件一件脱下来给孩子穿，最后冻死。那幅画并没有迎合孩子们眼光的色彩，故事情节也就这样很简单，所以他们觉得没劲，老师也因此跳过不讲，但我对这个故事很感兴趣，这和姑母讲给我听的常盘御前[1]的故事一样悲情感人。讲完后老师说："没劲吧。"我摇了摇头。老师看上去有点意外，大家则轻蔑地窃笑。

---

[1] 常盘御前：古代武将源义朝的妻子，源义朝战败后带着三个孩子在雪中逃生。

三十八

从那时起,我在家经常想躲开众人的眼睛一个人待着,不管是桌子底下还是厨房里,不管什么地方我都藏身过,缩在那种地方考虑各种事情,让我感到无以言状的安稳和满足。这些藏身处中,我最满意的是抽屉橱的旁边。那是仓库旁那个最阴郁的房间,只有朝北的窗口有光线进来。窗子和橱柜之间正好有让我屈膝蹲在那里的空间。我就蹲在那里呆望玻璃窗上放射形的裂痕,紧靠在旁的椎树,缠绕在枯树上的南五味子,南五味子红色的藤条,在藤条尖头吸食汁液的蚜虫等。就这样一呆就是半天,一个人自言自语,渐渐养成了在橱柜上写平假名"を"的习惯,大的小的,无数个"を"排成行。后来因为我太爱黏在那里了,引起了我父亲的注意。他看了那个角落后,立刻发现了那些字的行列。他以为那是无聊乱涂,就说:"练字要在纸上练。"也没有狠狠地训我。但是他想不到那其实不是随随便便的乱涂,平假名"を"字的形状有些像一个女孩子跪坐在那里的样子。在我小小的胸膛里,在我羸弱的身体里,有什么事的时候,我总是向这些"を"字寻求慰藉,而它们也能体谅我的思绪,亲切地安慰我。

搬到这个家后,我仍然隔三岔五地半夜遭噩梦袭扰,在家中乱逃。有一种噩梦是看到空中有一个黑色的漩涡,像钟的发条一样一动一动的,非常恶心。我正忍受着,一只妖鹤飞来叼住这漩涡。还有一种噩梦是,黑暗中有什么东西像内脏一样乱糟糟地扭作一团,又变成女人的脸,变态地张大嘴,又一下睁大眼,脸变得越来越长,接着又闭上嘴,脸朝横向拉宽,眼睛和鼻子缩成一团变成一个无比可怕的扁脸。就这样,一直到我哭出来为止,把脸伸来缩去。有人怀疑我一直被这种梦困扰会不会是因为姑母的那些民间故事,另外,换一个地方睡觉也许管用,于是他们让我睡在父亲的旁边。每天晚上父亲给我讲宫本武藏[1]、义经[2]、弁庆[3]等人的神勇故事,但那也不管用,妖魔们把我父亲之类的只当作屁,照来不误。先前在卧室睡的时候妖魔来到天花板上,现在的屋子里挂在柱子上的八角钟变成一个独眼,四扇拉门变成一张大嘴来吓我。

---

[1] 宫本武藏:古代剑术家。
[2] 义经:源义经,古代武将。
[3] 弁庆:古代大力士、武将。

三十九

按照医生的建议,为了动辄身体出问题的母亲和我的健康,父亲带着我们去海边。一路上,那些在纸牌和画上看到过的、打动童心的自然景色如实呈现在眼前,这让我无比高兴。用那个小小的想象之瓮无法装完的神奇的大海也看到了。那是非常清澄的蓝色。上面帆船的白帆像银一样闪烁前行。在直立的悬崖间行走时我感到了难以忍受的寂寞。我觉得勉强生长在那里的草很可怜。龙宫那样的南京[1]人的宫殿中,南京的婆婆把石子踢落铺路石中,不知道在祷告什么。另外还有头发上抹着油的偶人那样的小孩,踢荡着可爱的小脚,很好看。卖贝壳工艺品的店里挂满了海底的

---

[1] 南京:指中国。

宝贝。爸爸给姐姐们买了几个簪子作为礼物，给我买了一包海螺。我在想，这么好看的东西，爸爸怎么不给每个人都买呢。

我们坐车在松原上行走，松树好像没有穷尽。正月里挂的高砂的挂图里也有松树，也因为经常听姑母说松树是神木，所以我近乎迷信地喜欢松树。过一会儿到了客店。好不容易享受静静的松原，现在到了人声嘈杂的地方，我哭闹着要回家。掌柜的和女佣们飞奔过来像对待老相识那样叫着"少爷少爷"地哄我。于是我定下神来不哭了，闻着海风的香气，望着小松树对面一波接一波碎掉的海浪，忘掉了一切。

晚上亮起了灯。灯罩是圆筒状的竹笼上糊了纸，风雅的灯座漆成黑色。因为有了灯光，叶蝉飞来停在上面。眼间距离很大的绿色的叶蝉实在太可爱了。用手去按它，它就轻盈地移到旁边的灯笼格子上。碧蛾也来了。

有个晚上我在外廊上看院子里放烟花，有个好看的女人拿了一包点心过来说："送给你。"我听说这个人是艺妓，而艺妓又是可怕的骗子。那个"艺妓"靠近后说着"好可爱的孩子啊""几岁了"之类的话，把手放在我肩上，脸几乎碰到我的脸了。我被包裹在香喷喷的袖子里无法回答，只是脸红耳赤，紧贴在栏杆上。突然我意识到这是在"骗我"，立刻就感到害怕，不顾一切的从袖子底下钻出去，逃到母亲那儿。我心突突地跳着告诉了母亲。母亲笑了笑斥责我不讲礼貌。此后每次看到烟花我就想：如果有人问我话就回答，给我点心就称谢。但那个人大概是生气了，再也没有走近我。我没有机会表达我的后悔，这让我觉得遗憾。

有一天我和父亲一起走进松林深处。到处洋溢着松树的气味，松球落满了一地。父亲慢慢地走，但我因为要捡松球不得不一路小跑。捡着捡着袖中和怀里满是松球，我用心和松球要好地说着话，匆匆忙忙地跟着父亲，结果到了一个亭子，有一个眉毛雪白的老爷爷在用竹耙扫松叶。我以为这是高砂的老爷爷[2]，就不着调地高兴，我真的以为是那样。我一反常态地主动对父亲说了各种各样的话。父亲回到客店后笑着对母亲说："这小子今天出奇地会说话。"

---

[2] 高砂的老爷爷：歌谣《高砂》中的老翁。

四十

旅行回家后发现,我们不在的时候小国国一家因为工作关系搬到远方,我总感到很沮丧,心里空落落的。那以后我也不被恐怖的噩梦困扰了,身体也迅速成长,但与生俱来的呆滞没有变,上学懒散也没有变。那不仅是因为身体虚弱,对一个单纯的小孩来说学校生活太复杂、太痛苦、太讨厌了。唯一让我高兴的是班主任古泽老师是我喜欢的好人,而且我的座位就在老师的桌子面前。我怎么缺席、怎么回答不出问题,他都不会说什么,只偷偷地笑。不过,有一次我和同桌的安藤繁太那家伙吵架的时候,还是挨了老师的训斥。不知道为什么我和那家伙就是不对付,经常闹矛盾。有一天上算术课的时候,他在石盘上画了一个独眼龙的脸,并写上我的名字,还让我看。那我就在大木屐上画了眼睛和鼻子，在旁边写上"繁太小贼"。于是他就突然在我小腿上踢了一脚。我也不服输，捅了一下他的侧腹。干着干着就被老师发现了，放学后两人就被留下。老师的脸显出从来没有过的可怕，问我们为什么要干仗。我从头到尾讲了一遍，认为自己没有错。繁太则谎称是我先恶作剧。老师说：两人打架，一起受罚。就不放我们回去。其他人都背着包兴冲冲地走了。其中还有人好奇地在窗外窥探，还笑。全校学生都回去后变得极其寂静。我想着，如果就这样一直到夜里怎么办，饭也没得吃，也没办法睡觉，姑母怎么还不快来接我，并且道歉，等等。这些想法在脑子里漩成漩涡，眼泪就自然地涌了上来。老师时而看着两人哭丧的脸，偷偷笑笑，装着看书。繁太这家伙摆弄挎在肩上的包的带子，做出要回家的样子，但终于哭出来道歉说："对不起。"老师说："既然道歉就好，饶了你。"于是放繁太回家了。我也很想要回家，但自以为没有犯错却被留了下来，非常气愤，反复忍住了哭泣。但到头来也只有哭。我一旦哭起来就会用两个拳头擦眼睛，无休无止地哭下去，在这期间会渐渐去想是非曲折。如果认识到是自己错了，就会停止哭泣；如果不是那样，就会觉得仅仅是因为自己弱小而被无理压制，就会觉得非常委屈，哭到打嗝也不停止。哭给你们看。尽兴哭完后我感到胸腔空彻，气管发涩，另有一种特别的快感。这样，老师也犯难，他说："你道歉的话，就让你回家。"但我怎么也不认为自己错了，决不道歉。后来听了老师的开导后，一点点被说服了，挑事是繁太的错，但课堂上被挑动了也不对。于是，我低下头说了对不起，就被放回家了。回家后说起这事，大家以为我这个没出息的章鱼头居然也敢打架了，真是奇迹，就笑了起来。

四十一

不学习的报应立刻呈现,快到考试的时候了,我还是一窍不通。其他人利落地做完题目走了,自己一个人却像一只受困的章鱼,这一点也不好受。其中最头疼的是读本课。最后我被叫到老师桌前,问题是蔚山笼城这一章,蔚山这两个字我好像从来也没有看见过,只好默然而立。老师也没有办法,只好一个字两个字地手把手教我,但我看着加藤正清被明军包围的插图发呆,完全不明白书上说了什么。老师也失去了耐心,说:"那你随便挑你会念的部分念。"我竟然满不在乎地说:"哪儿也不会念。"考试结束后也没有变化。我一直认为我坐在第一排就是第一名,任凭我的名牌被排到最后,任凭点名的时候要到最后才被点到,任凭事实上自己的成绩也不好,能坐在自己喜欢的老师近处,一点也不被训斥，这难道不就是第一吗！我一次也没有在学校拿到过什么奖状证书，但从学校回家后，总骄傲地说自己是第一名，大家也笑着说了不起，对我来说真的是天下太平。

学期快结束的时候，搬来了新邻居。我们和那家也就是后院的旱田之间隔着一排杉树，可以自由往来。我到后院偷偷看情况，墙根处正好有一个和我差不多大的女孩走出来，忽然又躲了起来，好像从杉树的间隙里在注视这边。过了一会儿女孩又走出来瞥了我一眼，于是双方又装作没看见转向别处。这样的事重复了几遍后，我发觉女孩身材瘦瘦的，好像身体哪儿不好，不知不觉竟有了好感。又一次双目相视的时候，对方会心一笑。我也微微一笑。对方转脸用一只脚独立转身，我也转圈。对方跳一下，我也跳一下。对方跳两下我也跳两下，就这样跳着跳着我不觉跳到巴丹杏的树荫下，女孩也跳离了墙根，双方已经到了可以说话的距离了。但这时传来呼唤："小姐，用餐了。"她说了声"好"就迅速跑了。我也依依不舍地回家匆匆吃了饭，吃完又到那儿，一看，女孩好像已经先在那里等了。她说："一起玩吧。"也不认生，就靠了过来。我原来想在熟悉之前先拒绝五六遍，但出乎意料，我虽然红了脸，却说"好"，就走到她身旁。对方也没有害羞的样子，用麻利的口气问："你几岁了？"我回答说："九岁。"她笑着说："我也九岁。"又接着用早熟的口气说："但我是一月份生的，生日大。"我问她："你的名字呢？"她清晰地回答："蕙。"走了一遍形式，双方报了名字，完成了初次见面的礼仪后，小蕙就说："我马上要去上学了，我们去同一个学校吧。"我听了很高兴，就把自己学校的好处，修身课上那些好听的故事，班主任的亲切等说了一遍，绞尽脑汁要把小蕙引到同一所学校。小蕙很要强，善于交际，长着水灵灵的大眼睛和乌黑的头发。白滑的两颊透着美丽的血色。而且有着与其个性相符的头脑，对我这样一个没出息的、呆头呆脑的小月份生的人来说，她的言行举止简直就是女王的做派。我非常满足地准备对这个新君临的女王俯首称臣，任凭使唤。

四十二

有一天,我看到小蕙由她的祖母领着走进学校,又是心跳,又是喜悦。第二天她就挎着包走进了教室,因为是新到,就被安排在我旁边坐。我上课也没有心思,偷偷斜视,看到小蕙像模像样地低着头。到了课间玩耍时间,因为她还没有熟人,独自呆呆的在那儿,我想怎么也得和她搭话,但又怕被大家嘲弄,就没有作声。她明明也知道我的,却装作不知。我在一种无法形容的思想混乱中好不容易上完了这一天的学,回家路上想着今天可以和她说这些,也可以说那些,想着想着就到家了。马上跑到后院一看,她已经一个人在那儿抛耍包[1]了。我喊着"小蕙"就冲了过去,但小蕙却轻蔑地说:"我不和倒

---

[1] 耍包:装有小豆的小布包,供游戏玩耍用。

数第一名玩的。"就毫不犹豫地走了。这让我很意外，只得垂头丧气地回家把这事告诉了姑母。

那天晚上家里人照例聚在茶室的时候，我才第一次听到自己其实是倒数第一名。起初我还固执地说自己是第一名，后来从他们那儿听到老师告诉他们，对脑袋不好使的孩子不能说太多勉强的事情，但如果一直这样下去的话是不能及格的，下次考试还是希望要稍微注意一点。听了这类话，我才放声大哭。我一下子感到了长时间来其实一直是最后一名，这件事太没有面子了。我原来真的被大家当作傻瓜。就算是我也知道最后一名的羞愧。我只是误以为任凭自己怎么懒惰也是第一名，所以才没有下功夫学习。如果你们早告诉我真相，我也会复习，也不会偷懒装病请假。想想这些人都那么可恨。我血往上涌，头脑像煮沸了那样，想着想着就大哭。姑母也陪着哭，说着"不哭了，不哭了"就把我带到卧室。

从此以后我也有了一张小书桌。每天都要复习当天的课，预习第二天的课，还要复习到那天为止的所有内容。姑母照看她会的算盘和练字等，两个姐姐照看其他功课。每天在教室和小蕙见面都是一件痛苦和可气的事，从那以后我再也没有请假休息了。小蕙若无其事地和朋友们玩。我在同年级的同学面前也胆怯，动不动就退缩。回家后被逼坐到书桌前又是另外一番痛苦。没有面子的是，学过的东西我也完全不懂。不知有多少次我都沮丧到要丢下这一切了，却被点心之类的"奖赏"骗回来继续，后来就像撕开薄纸那样一点点开窍了。字学会了一个、两个，算术题解了一道、两道，知识呈几何级数般地增加，渐渐就有了自信，也有了兴趣。回到家后，不用说，自己就把桌板抽出来。我的原始动机是要得到人们的夸奖。到考试已经没有多少时间了，但学习还是很值，下个学期我成了第二名。小蕙在女生中排第五名。

四十三

我突然变得聪明起来,世界变得崭新而明亮。同时,我弱小的身体也迅速变强。随便玩摔跤、夺旗,都成了最强的二三个人之一。接着,趁班上第一名的庄田走了后,我当上了班长。这时,我对小蕙的惭愧和愤懑都消失殆尽。那天,我希望我和她之间发过美丽嫩芽的友情之草再次在阳光下复活。看上去她也有同样的心情,只是没有话茬,互相之间在等待良机。

小孩的社会就和狗的社会一样,一个强者总有一次要咬其他几个的尾巴。庄田走了以后就是我一个人的天下了。我巧妙利用大家对我的顺从发威,自以为是那个年龄段最懂事的孩子王。

有段时间，长屁不知为何被大伙排斥，被取笑为"戴帽猴子"，他满脸通红地乱斗，但寡不敌众，终于哭了出来，伏在课桌上。看到这，我突然走进闹腾腾大肆嘲笑他的人群，严厉地命令他们不准叫长屁"戴帽猴子"。此后，他就被免去了这个恶名。这是因为我没忘记最初上学时那个红果实，算是一种报恩吧。

岩桥那个时候一如既往，还是欺负弱小同学的罪魁祸首，专门对女生捣蛋。有一天，和往常一样，我们跟着老师到酸模山去运动，他一个人钻到树丛中拼命采山蚂蝗[1]。我就知道他又要干什么捣蛋的事了。这不，他双手抓满了山蚂蝗，装作武智光秀[2]的样子，闪着眼睛，跑了出来。女生们平素就怕他，谁也不会靠近他。偏偏不凑巧，小蕙不小心走过。他叫着"好鸟来了"，话音未落就拦住去路，朝她扔了两三个山蚂蝗。小蕙说着"讨厌"，

---

[1] 山蚂蝗：豆科植物，荚果表面有钩状毛，容易附着在衣服等上。
[2] 武智光秀：古代武将，曲艺、戏剧中出现的人物。

一边用袖子防着,一边逃。他紧追不舍,终于扔中了。小蕙在躲避的过程中膝盖着地,哇哇大哭。我看到这马上冲上去,把还在炫耀胜利的岩桥一把推倒,鄙视了一下他的哭丧着的脸,跑到小蕙身旁。小蕙刚爬起来,还来不及拍灰尘就用袖口遮住脸。我把粘满她头发、衣服的山蚂蝗一个一个摘除。小蕙也不知道是谁在安慰她,一直在懊恼地抽泣,任凭别人对她做什么。好不容易止住了哭泣,从袖口后面伸出脸来看是谁的时候,好像高兴地笑了。长长的睫毛上滴着水珠,大眼睛也染上美丽的颜色。此后,两个人的友情就像正要开放的花蕾,蕴含着浓郁的香气,只要遇到哪怕是蝶的翅膀扇出来的微风,也会绽开。两个人后来就消除戒备,好成一团。

四十四

我们从学校回来后,复习预习也没有心思,差不多草草了结后就到了那个有许多回忆的后院。我先到的话,就一个人玩踢石子、跳绳,盼着她来。她先到的话,就得意地砰砰砰踢着毛球。那个球是用红和蓝的毛线编成的条纹做成的。我一看到她的脸,马上就先猜拳。小蕙输了的话,有不耐烦地摆动肩膀的习惯。

我们喊着号子玩。我玩得太好,一直不掉球。小蕙等得不耐烦,就用绳梢来碰,或者用短棒捅,想要让我掉球。

小蕙玩的时候,那个涨红的脸和球一起点下、抬起,不顾一切地转。每次,那根粗辫子绕到肩上,一个脚追着另一个脚,像白鼠一样旋转。为了不输,用下巴和胸部顶球,摇摇晃晃也要坚持。

一边唱着儿歌:"黄莺喳喳叫,来到城里睡在梅树梢,梦见赤坂桥,枕头底下翻出书信瞧,信上叫你去把船儿摇……"

和服的下摆都拖在地上了,小蕙还没有知觉,玩得入迷。左右两个手像两个兔子在戏耍,在球的上方欢腾,从那个张得圆圆的嘴的里面传出美妙的声音,那天真无邪的歌谣现在还在我耳边留下余韵。夕阳沉到原野的那边,月亮晃晃悠悠地升起,躲在花田叶中的小飞蛾拍打着灰白的翅膀翩翩起舞。少林寺的罗汉松上,成群的乌鸦在抢地盘。院子里的珊瑚树上麻雀叫喳喳。这时,我们仰望着渐渐褪去黄色的月亮,唱起兔子的歌:"兔子兔子,看到什么跳了起来?看到十五的月亮跳了起来,轻盈地跳了起来。"

两人把手放在收拢的膝盖上,弯着腰跳着行

走,累得够呛,跳了两三下后没有了弹跳力,不觉屁股着地,这太可笑了,于是就捧腹大笑。就这样,一直到被家里人叫回,两个人忘记一切,痛痛快快地玩。懂事的小蕙一听到家里叫:"小姐回家了。"就立刻回答"好的"。看上去还不想回去,但立刻就回去了。分手之际要把小指头钩在一起发誓明天再来玩,拉钩的时候用力过度,指头都快钩不住滑出来了,并且说着如果说谎的话,就让指头烂掉之类的毒誓,现在想来,有些恐怖。

四十五

　　就这样一天一天没有了隔阂后，不服输的我和容易懊恼的小蕙之间有时就会发生一些莫名其妙的争执。有一天，我们和往常一样在后院玩毛球。不巧越玩小蕙就输得越多，最后她就抱怨我狡猾之类的，哭着用袖子拍打我。这样的话，袖中藏的毛球一个一个掉到地上。她也不去捡，捂着脸说："再也不和你这样的人玩了。"也不听我一个劲的道歉，回去了。我一个人被撂在那里，也没有多想，就把球收集起来带回了家。这下，这些球又成了问题。如果小蕙发火说我拿了她的球又怎么办？那把球放回原处吗？或者明天到学校放在她的课桌里？这样思前想后。可是不管怎么说，把别人的东西带回家放在抽屉里，总让我心神不定。就这样度过了不安的一夜。

第二天，觉得见面也是一件可怕的事，但不见面又有些担心，就比谁都早地到了学校，垂头丧气地坐在自己的位子上，反省着昨天的事情以及那天为止所有的事情。这时，来了一个同学，两个同学……渐渐教室里热闹起来了，但没有见到小蕙的身影。是生气在家休息？不，时间还没到，还不能下结论。就这样焦急地等待着。后来连一向晚到的长屁也来了，时间到了。我实在稳不住就到大门口躲在门背后窥视，终于看到她背着包从斜坡走过来，这才放下心。她并不知道这些，走进门口，我也若无其事地从门背后走出，猛然间面对面相视，她难为情地笑了笑，什么也没说就进去了。没事了！好像她并没有太生气啊！这个令人着急的一天，小蕙活力四射地和朋友玩。回家后我对着书桌一直在想，今天要不要到后院去看看，不去也罢？正想着，入口的房门被静静地打开了，传来轻轻的一声："对不起打搅了。"我马上冲过去，在屏风后面喊了"小蕙！"瞬间就已经站在门口的低台上了。那是小蕙第一次来我家，多少有些害羞，但还是展现了她一如既往的清澈笑容，我背负的重荷终于一下子消失了。我把这位稀客带到入口旁的自习室。

　　小蕙心神不定地环顾四周，靠在窗口，看着吊钟花灯笼。稍稍定神后，两手认真地放在地上，像真的后悔的那样对我道歉："昨天是我不好。"这种实在太像大人那样的规规矩矩的道歉反倒让我慌了神，我让她这么为难了？这样想着觉得自己面目可憎。我想她没有必要道歉到这个地步。小蕙说昨天后来回到家后挨训了，并且求我归还毛球。我故意拖延，让她着急后终于从抽屉里拿出来给她。做球的布条本来是出客穿的友禅印花绸[1]的衣服上的，所以球上有些零零碎碎的桐花呀凤凰的翅膀之类的。两人拿着这些有来头的毛球玩了起来。球像蝴蝶一样飞上飞下，小蕙的脸跟着抬起来低下去，簪子上染成红白相间的穗子在鬓角飞舞。

　　"换马骑，换轿子乘，换马骑，换轿子乘。"

---

[1] 友禅印花绸：印花染色的一种，多彩华丽，相传为京都古代画工宫崎友禅斋始创。

她唱着，为了不让停在手背上的球掉下去，她不停地变换着招数。

"钻过桥洞，钻过桥洞。"她又唱着，用纤细的手指在榻榻米上拱起一座桥，让毛球顺利通过。小蕙的耳垂发红，非常漂亮。越着急，手法就越僵硬，在要紧关头失手后，她就把球一扔。从那以后，她每天都拿着球来玩。

四十六

读本结束了一册后,老师说为了复习,让我们玩"抢读"。那就是分成男女生两组,如果有人读错,其他人可以迅速抢着重读,然后读下去一直到被抢,读得页数多的一方胜利。男生平时这样那样的,比较张狂,可是比起读书来,就变得没有志气,输得一塌糊涂。遇到关键时刻就干咳起来,过不了多久就读错。我第一个念,明白这一点,就慢慢念开了。大家与往常不同,看到我停顿,就轻蔑地嘲笑,但偏偏我一个字也没念错,无休无止地念了下去。从日本武尊[1]横扫杂草,到有栗色的、鹿毛色的、菊花青等好几匹马的故事,到黑人骑着骆驼在沙漠中行走,一张,两张……念到后来快结束了,已经

---

[1] 日本武尊:古代神话中的英雄,皇子。

到了元寇[2]那一章了。图上是日本的小船划向分崩离析的支那战船，写的是闰七月三十日晚上吹起神风，元军十万大军只剩下三人。女生组此时开始后悔刚才有点大意了，于是趁我换气的时候也举手想抢读。她们这么狼狈真是可笑，但我还是沉着地念到陶器那章。头疼的是，我对陶瓷的制作法没有什么兴趣，平时这个部分总是跳过去，看个大概。这时我才开始念得乱七八糟，轻易被抢读了，这才轮到女生出场。我想这个可憎的敌人是谁，结果发现竟然是小蕙，我既高兴又恼恨，心情复杂。小蕙看上去悔恨地哭了，眼睛周围都红了，拿着书站了起来，却抽抽搭搭，一个字也没有念，铃声就响了。那天男生非常少见地获得了全胜。

放学后，小蕙和平常一样来我家玩，眼睛还有点肿，害羞地说："我真的很懊恼。"她又从袖兜中拿出绳线说："我们玩翻绳吧。"她把小小的关节靠在一起，把漂亮的绳线绕在白白的手腕上，反

---

[2] 元寇：忽必烈派遣的远征日本的元朝军队。

弓起细细的手指勾成各种形状。她说"水",就让我接。我小心地接过来说:"菱。"小蕙依次勾在十个手指上说:"三味线[3]吧。"就做了一个琴的形状。我说:"猴子。"她说:"鼓。"仿佛用手把互相之间的友情编织,就这样要好地玩耍度日。

---

[3] 三味线:一种拨弦乐器。

四十七

　　有一天上修身课时老师说："今天老师不讲，你们大家一个人讲一个什么。"就把椅子移到火盆旁边，点着那些好强的和诙谐的人的名，让他们说。就算平时是个孩子王或者人气王，站到教坛上被四面八方的人盯着脸的话，也会僵着脸，舌头不听使唤，什么话也说不出。那个平时给人当马骑的、姓"所"的大个子，第一个被点到，哆嗦着膝盖说："我讲布袜的事。"老师鼓励说："什么布袜的事？有意思。"所就结结巴巴地说："那边漂来布袜，这边漂去布袜，布袜在中间碰头，布袜布袜辛苦了[1]。"就匆匆退了下去。下面一个是吉泽，那是个下齿盖在上牙前面的老实人。他呵呵傻笑，

---

[1] 布袜布袜辛苦了：在日语中和"屡次辛苦了"这句套话同音。

说要讲一段长矛的事。老师说:"这回是长矛的事啊,这也有意思吧。"吉泽就说:"那边飘来长矛,这边漂去长矛,撞在中间,长矛长矛辛苦了。"说完退了下去。轻松容易的话都让别人说完了,我内心正有点退缩,结果运气不好,最后一个被点到。故事的话,我从姑母那儿听过很多,知道很多,但又短又好的段子一个也没有。没有办法,就讲了河童[2]头顶的碟子被晒干的故事。说着说着就感觉有了底气,心中惦记小蕙,不时望望她,竟然兴致勃勃地讲完了。讲完后,朝老师鞠个躬就要回到座位。这时老师说:"你的脸皮还是挺结实的。"笑着拍了一下我的头。这时轮到女生了,大家都抱住桌子,谁也没有站出来,就只好按学号点。即便这样,也有被点到仍哭着不上去的。终于轮到了五号。小蕙好像胸有成竹,直爽地说了声"好",就站到教坛上。尽管如此,她的脸还是一直红到衣领,低着头,过了一阵才打着梦游般的手势,一个词一个词,断断续续地说了起来。我因为担心和同情,没怎么看

---

[2] 河童:民间传说中的水怪,头顶一个盛水的碟子,水若流失便会失去神通。

她的脸。但是，说着说着水灵灵的眼睛端正地抬了起来，她又开始变得像一个小大人了。她用清澈得无以伦比的声音，利落有序地讲了我经常讲给她听的初音鼓的故事。同学们被她出人意料的说话态度迷住了，被这离奇而有趣的故事深深地吸引，不吵不闹安静了下来。故事说完后老师说："今天男生踊跃发言，女生却没有一个人主动站出来，本来应该是女生输的，但今天凭小蕙这一个故事，女生赢了。我也很佩服。"女生们不觉露出了笑脸。小蕙一下子红着脸，垂下眼帘回到自己的座位。看着这光景，我既像是高兴，又像是嫉妒，感觉怪怪的，心想：不应该让给小蕙讲那个故事的。

四十八

　　冬夜的玩耍让我浑身爽快。小蕙冻僵着手的样子，一进屋就黏在火盆上。姑母为了这位可爱的客人，每天都备好了堆积如山的炭块。小蕙冷得耸着肩，好一阵子，像要爬到火盆上的样子。我等不及了，扯她的辫子，或者把手指伸到她的发圈中。她的脾气也不比我小，有时就哭了起来，那样的话，我就没有二话，立刻投降，使劲地赔礼道歉。凑近耳朵说："饶了我吧。"她摇着头，决不轻易饶我。但是，哭过一圈后，她会说"好了"，一下子改变神情，展现出一种带有幽幽怨恨的笑容。这种时候，我也曾帮她擦去眼皮上的汩汩泪水。

　　小蕙的假哭也很厉害。为鸡毛蒜皮的小事争了两三句后眼看就绷着脸生气了，突然把头埋到我的膝盖上呜呜大哭。我一边感受这种重重的温暖，一边把簪子抽出来，或者挠她的痒痒，用尽各种手段让她情绪好转，但她还是不停地大声啼哭。我明知自己没错还是拼命道歉。于是，在让我狼狈不堪后，她突然抬起头，伸出舌头，说"活该"，就得意地捧腹大笑。那是一条光溜溜、细细的舌头。遭遇过太多这种假哭后，我懂得看她额头有没有青筋来区分真哭还是假哭。

另外，小蕙擅长瞪眼扮鬼脸的游戏，每次都能赢我。她的脸能自由自在地变幻，任性地做出各种表情。她会说着"吊眼，三角眼"，用两个手像伸缩橡胶一样伸缩眼睛。我非常讨厌这个游戏，不仅是因为自己要输，也因为真的不喜欢看到小蕙那张端正的脸翻白眼，或者张开鳄鱼口，或者变残到惨不忍睹。

就这样，渐渐地，我把小蕙当作狗狗和丑红牛那样的、自己的东西，对小蕙的毁誉褒贬以及发生在她身上的幸运和不幸都深深地击中我的胸膛。我开始认为小蕙是个漂亮的女孩。这真让我感到骄傲。但是与此同时，自己的容貌就成了以前意想不到的、重重的负担。自己也想成为好看的男孩，这样可以吸引小蕙的心。又希望就我们两个人要好，永远在一起玩，我开始想这些事情。

有天晚上，我们并排靠在窗边，在透过紫薇的叶子照射过来的月光下唱歌。这时，看着无意中垂在窗下的自己的手臂，青白透明，美得连自己也看呆了。这是月亮一时的戏弄，但如果这是真的呢？我一时间自信爆棚，把手臂亮给小蕙看，说："你看你看，这么好看。"我的小恋人说："不错，我的也是哦。"就挽起袖子给我看了。她柔韧的手臂看上去就像蜜蜡。两人觉得不可思议，又从上臂看到小腿，从小腿看到胸，在夜晚清冷的凉气中袒露肌肤，忘我地感叹着。

四十九

后来西邻搬来了以平金[1]为副业的一家，那家的儿子富公成了我们的新同学。他成绩完全不行，但能说会道，又比人家大两岁，力气大，很快就成了年级大王。自然，我就不能像以前那样施威了，从脸面上考虑又不能急着对他俯首称臣，结果就有一种一个人被排斥在众人之外的感觉。他在邻里间没有朋友，从学校回家后就约我到后院玩。我一方面不大喜欢他，另一方面又想着和小蕙玩，所以不起劲，但又不敢让他反感，没办法只好奉陪。本来就是假小子的小蕙透过墙根饶有兴趣地看我们玩，最后就跑出来看样学样,玩着跳绳和滚铁圈什么的。机敏的富公就"小姐小姐"地叫着她，讨好她，表

---

[1] 平金：以刺绣和配箔技术在布料上表现纹样。

演倒立和空翻等各种技能。小蕙非常喜欢这些把戏，喊着"小富小富"，只跟在他屁股后面转。我由姑母一个人带大，小时候只和小国国玩过，不注重无聊的锻炼，哪里会耍这些高难动作，只好眼睁睁地看着富公纵情享受小女王的宠幸。

小蕙晚上到我家来玩是也尽说着富公的事，也不看一眼我拿出来讨好她的图画书和插画书。三个人一起玩的时候，富公嘲笑我笨手笨脚、胆小鬼的时候，小蕙也跟着看不起我。这时我开始恨姑母竟然把我带成一个连倒立和空翻也不会的无能之辈。就这样，我强忍着对富公的无比厌恶，不去触犯他，但有一次终于忍不住了，那次他说得太过头了，我一怒之下回了嘴，结果他骂了我一通后，凑到小蕙的耳边意味深长地撇了我一眼说："再见咯。"就要走人，小蕙居然也学着样说"再见咯"，跟着他走了。那家伙肯定是把小蕙带到他那儿去了。从那以后小蕙就不来了。偶尔碰见也不给好脸就躲开了。这都是富公害的，想到这，我小小的胸膛中不能不翻腾着妒嫉和愤怒。在学校他也怂恿大家欺负我。

我本来就不如他能说会道,力气也确实没他大,唯一的安慰是自己成绩第一。尽管如此,失去了小蕙,这第一名终究也只是一个空名而已。

五十

　　快让我发疯的日子又延续了几天。有天我正把自己一个人关在自习室发愁,听到嗒嗒嗒的木屐声。猛然一个高兴,但又压了压胸中的兴奋,没去开窗。就听到格子门那里传来那还没有忘却的熟悉的声音:"对不起,有人吗?"

　　姑母就装傻走过去说:"请问是哪位贵客啊?"接着又说:"哦,我还以为是哪位了,原来是可爱的小姐啊。"说着就要抱她。因为姑母不知道原委,就问她是感冒了吗,是出门了吗。小蕙从姑母拉开的格子门安静地走进来,柔顺地跪下,手着地行礼,说:"好久不见。"

　　我忍了又忍,紧绷的弦因这句话而断裂,情不自禁地叫了声"小蕙",久藏于心的眼泪一下子溢了出来。

她好像也不当一回事,从袖口拿出沙包球。

我问:"怎么一直不来?"

想不到她不在乎地说:"我去了小富家。"

我紧接着追问:"那今天怎么不去?"

她若无其事地说:"我妈斥责我,不许我去小富家。"

我伤心地把对富公的恨告诉了一些给小蕙听。她先说了对不起,再辩解说是小富说:"不要和那样的人玩,到我家有的是好玩的事。"最后她说:"被我妈骂了后,我开始讨厌小富,想和你和好。"

我的心情无以言表。小蕙还是我的。富公不知道这些,这家伙这天等得不耐烦了吧。

第二天在学校,尽管我防范得很紧,但这家伙还是神不知鬼不觉地靠近了我,正要对我说什么,小蕙横眉冷对地对他"打招呼"说:"我讨厌你。"小蕙自从被她妈斥责后,似乎开始蔑视他了。

五十一

　　长于奸计的富公看到自己被冷落后，装着糊涂和我套近乎，到后来就说小蕙的坏话，说他自己已经不和小蕙玩了，要我也不跟她玩。我在肚子里冷笑，口中胡乱应付他。之后我还是和小蕙恢复了往日的友谊。他察觉后立刻策划了可怕的报复。每天到了学校的课间玩耍时间，他就指使大家嘲弄我们俩。当大家累了缓下劲时，他就到他们一个一个人耳边瞎说些无以言表的事，点燃他们的"激情"。我们俩遭受大伙排挤，被恶意猜测的目光环视，陷入悲惨境地。但是，这使得我俩之间的关系更加亲密。结束了一天讨厌的课业后，我们回到家里玩的时候，胸中充满了无以名状的快乐和安慰。富公的复仇愈演愈烈，我对他的敌意也随之高涨。我不把其他喽啰当回事，并且判断他本人也并不怎么强大，证据就是有时我怒火中烧迎上去时，他却巧妙逃走，避开一对一的单打独斗，而采用围攻战术。我渐渐开始藐视他，酝酿着有朝一日报仇雪恨。后来有一天，放学的时候，那个长屁偷偷跑来对我说："他们说明天要伏击你。"说完怕被发现，一溜烟跑了。我很高兴长屁有这样的心地。第二天早上，我在外衣里藏了一把二尺长的隆起竹节的竹棍去学校，心里想着：来吧，小子。

最后一节课一结束，富公就发号施令地说："来吧，伙计们。"就第一个冲出了教室。三四个阿谀奉承之辈零零落落地跟着他去了。我已下定决心，故意最后一个走。他们果然在没有行人的八幡神社的竹林那儿埋伏，喽啰们轻蔑地干咳了几声。我不让他们看出今天要让他们尝尝我厉害的决心，若无其事地走过。富公下令："动手了。"其他家伙和我又没有什么仇恨，再说也不是我的对手，就在周围起哄而已。其中有一个寺庙的儿子[1]，是个烂眼，

---

[1] 寺庙的儿子：日本的和尚是可以结婚生子的，寺庙主持僧的长子往往还要继承寺庙。

这家伙不知出于何种忠义之心，突然从后面掐住我的脖子。富公正内心畏首畏尾，这下从可靠战友的行动中获得了力量，喊着："你小子太狂妄了。"就靠了过来。我突然当头给他一竹棍。出乎意料，富公当即软了下来，一边说："讨厌，你怎么乱来。"一边捂着额头低声抽泣。那些喽啰们看到大王这副熊样，脸上的神情是：完了，竟然为这种家伙站队，他们意识到接下来危险就要降到自己头上了，各自说着："不干我事。"偷偷摸摸地走了。让我吃惊的是那个烂眼的小和尚不知道是不是要和大王共存亡，还拼死吊在我身上不肯松手。再刚强的人碰到这事也实在没辙，好不容易把缠在身上的这个家伙推开回到家时，我其实也快哭了。

五十二

掰断冰柱，玩着坚碳钓雪[1]，桃花节就到了。家里有一些奇迹般地躲过了神田大火灾的旧偶人，五人乐团的偶人变成三人，弓箭手的箭大多都断了，一塌糊涂的样子。尽管如此，每年为了安慰孩子们，一定要摆放。姑母把家中的小摆设小玩意儿都拼凑起来，立起了一个贝壳工艺品的屏风什么啦，在千代纸做的三孔供案上放些点心之类的，遮掩不足之处，巧妙搭建了一台让孩子们看起来很漂亮的偶人。在铺着绯色毛毡的台座上，摆放漂亮的偶人，最高一排是我的，下面一层是妹妹的，再下面一层是幺妹的。供放菱饼和爆米花的时候我的高兴无以复加。我还记得睡觉的时候担心海螺会不会逃

---

[1] 坚碳钓雪：用线吊住碳，挂在屋檐下"钓雪"的游戏。

走而被笑话。过节的时候还特意把小蕙叫了过来。小蕙穿着盛装,披着有红色穗子的披风来了。两人在偶人檀前拘谨地坐下,和好地吃着炒豆子之类的,姑母把三个一套的杯子中的小号给了客人,中号给了我,倒上了浓稠的甜米酒。米酒从酒壶的壶嘴中像一个棍子那样垂下来,圆滚滚地堆积起来,我们用门牙去咬,像青鳉一样把鼻子排在一起喝。疼爱孩子的姑母就喜欢这样取悦小东西们,她喜形于色地说:"两个娃真可爱,真可爱。"用两个手抚摸我们两个人的背。乳母说着老套的笑话:"俩孩子就像偶人那样是一对夫妻。"调笑我们。小蕙盛装而来,装作若无其事的样子,她带着毛球和沙袋,却只摆弄着,不说要玩。玩了一会儿双陆、水中花[2]、十六武藏[3]、抽南京珠之类的游戏后才兴奋起来,这时我才拿着从我姐那里得到的成田屋的劝进账[4]和音羽屋的助六的羽毛毽拍[5]邀她到后院。但

---

[2] 水中花:一种假花,放到水中则开放。
[3] 十六武藏:一种棋盘游戏。
[4] 成田屋的劝进账:成田屋是商家名,劝进账是寺庙用的记录册,上面有著名歌舞伎演员第九代市川团十郎扮演的古代武士弁庆的插画。
[5] 音羽屋的助六的羽毛毽拍:音羽屋是商家名,拍子上有著名歌舞伎演员第五代尾上菊五郎扮演的古代侠客花川助六的画。

是两个人因为盛装，像金鱼那样拖着长长的衣摆，再加上板子拿在手上太大，打了两三下毽子就落地了。尽管如此，我们还是饶有兴趣地唱着儿歌，玩了屁股对撞。

五十三

　　过节后不久小蕙的父亲去世，她因此好久没来。有天晚上突然又噗突噗突拖着木屐来玩了。但也许是心理作用，她看上去非常消沉，我也提不起精神，家里人也都怜惜她、安慰她。她说："我家明天就要搬走了。"她要和祖母和母亲一起回老家。她无法释怀地说："搬家倒是一件开心的事，但走远了以后就不能再来玩了，这多没劲啊。"我也不知道该怎么办，窝窝囊囊地，两个人都堵在那。这是离别之夜，大家都一起玩。乳母又目不转睛地盯着她的脸说："真是不幸的孩子。"

　　第二天小蕙的祖母带着她到我家门口告别。我听到小蕙用一如既往的大人腔娴静地寒暄，本来要冲出去的，但一阵无以言表的羞耻心涌了上来，犹犹豫豫地藏在门后面。小蕙走了。我家的人望着她远去，说："真是个漂亮的小姐。"他们说小蕙穿着桃花节那天的和服来的。我独自坐在书桌前，想着为什么没有出去相见，沉浸在无谓的眼泪中。乳母立刻就发现了，她说："少爷也真可怜。"

第二天我比谁都更早到了学校。坐到小蕙的椅子上静静地按着桌子，事到如今思念之情又涌上心头。小蕙是个淘气鬼，桌子上满是乱涂乱画的铅笔字。

那是二十年前的事了。我不知怎么总感到小蕙已经去世了。时而又会以为小蕙还活着，而且她有时还会想起那时候的事情。

大正元年[1]初稿

---

[1] 大正元年：1912年。

后篇

一

　　古泽老师是个性情温和的人,但脾气却很大,一旦发起火来会用教鞭打人的脑袋,直打得人摇摇晃晃。尽管如此,我还是非常喜欢老师,费力地把我家院中的棕榈树枝掰下来送给他做教鞭。他笑着说:"谢谢,用这个打脑袋正好。"说着做出打人的姿势。我从来不听老师的话,任性自由,但他却拿我没办法。我自以为他还是喜欢我的。大家不守礼法的时候他会发火,脸像火球,于是学生们就缩着安静下来。在这种情况下我仍然会若无其事地笑着观看。有一天老师对来巡视的校长说我是少根筋、无厘头。校长走到我身边,对饶有兴趣地听着有关自己故事的我问道:"你不怕老师吗?"

　　我回答:"不怕,一点儿也不怕。"

"为什么不怕?"

"我想老师也是人。"

两个老师对视一眼苦笑了一下就没有再说什么。从那时起,我就透过大人一本正经的外壳,看到藏在里面的也是个滑稽的小孩,所以终于没有像一般小孩那样对大人怀有特殊的敬意。

这样那样的,不久日清战争[1]开始了。我患了相当重的麻疹,休息了好几天后到学校,意外地发现班主任换了。中泽老师应征入伍了。他常和我们说军舰的事,原来是海军士官,只是因病成了预备役。那个给我们讲《西游记》神奇故事的老师,那个舔着铅笔头画一手好画的老师,那个除了用教鞭打人头以外什么都好的老师,再也见不到他的脸了,想到这,我心里闷得慌。下课后我把大家叫住,哪怕仔细听听老师告辞时的情况也好,但是他们只想

---

[1] 日清战争:即中日甲午战争。

着一天一天的玩耍，分别才不到半个月，早就忘了那茬事，满不在乎地坐在那，脸上鼓着对玩耍被打断的不满，磨磨蹭蹭。终于有人回想起来了，说："那天老师穿着有狮子毛的外套。"其他人也纷纷说："是狮子毛，是狮子毛。"看来这些傻瓜大概是第一次见到狮子毛，其实这也可能是误解，他们看呆了，其他什么也记不得了。看到我刨根问底地追问到发急，这才有个人说："老师说要上战场了，可能再也见不到大家了，希望大家好好听新老师的话，努力学习，成为了不起的人。"我听到这里突然扑簌簌地掉下眼泪。大家吃了一惊，盯着我的脸，其中不乏挤眉弄眼露出轻蔑笑容的人。他们还不能理解我这样哭，老师说过男子汉三年只哭一次，他们认为不应该违反这个训诫。

二

对我来说更为不幸的是,我和新任的班主任丑田老师不对付。此人会柔术,学生都害怕他,他自己也很得意。没有对手的时候,他也一个人做个翻倒动作给人看。除了有一次说我在图画试卷上画的葫芦很好,给了我三重圆圈以外,没有一件事让我满意的。我讨厌他的话,他也肯定同样讨厌我的,不知不觉中两人处于敌对状态。

先不说这,战争开始以来,同学间的话题从早到晚一直是大和魂和"锵锵头"[1]。连老师也混在一起,好像在训练狗一样,动不动就重复说着大和魂和"锵锵头"。我从心底里不喜欢这些话。老师

[1] 锵锵头:对中国人的蔑称。

只字不提豫让和比干[2]的事，连续不断地说着元寇和朝鲜征伐的事。还有，一唱歌就是煞风景的战争歌曲，还让我们跳不好玩的、体操似的舞蹈。而大家又动了真怒，好像眼前就是不共戴天的"锵锵头"们大举压境，大家耸肩撑肘端着架子，踏步踏得要踏破鞋底的样子，在漫天灰尘中也不管什么节拍什么调子地发出怒吼。与这路人为伍，我以为耻。唱歌的时候我故意比他们高一个调，和他们错开。还有，在本来就狭小的操场上加藤正清[3]和北条时宗[4]们挤得鼻子碰鼻子，那些软蛋们都被当作"锵锵头""斩首"。走在街上，所有插画书店里的千代纸和《姐姐百花谱》之类的东西都藏得无影无踪，到处都是子弹乱跳的肮脏画面。充塞眼睛和耳朵的都是令我生气的东西。还有许多人凑在一处，把道听途说的一星半点的战争故事说得天花乱坠，这时我总是提出反对意见，说："最后日本人要败给支

---

[2] 豫让和比干：豫让、比干都是中国古代人物，作为道德典范在日本也曾被传颂。
[3] 加藤正清：古代受命入朝鲜与中国明朝军队开战的日本武将，前文中出现过。
[4] 北条时宗：古代武将，曾领导日本抗击蒙元来袭。

那人。"面对这个突如其来的大胆预言,他们先是对视了一会儿,接着他们止住了笑,同仇敌忾之心早已高涨到无视我班长地位的地步,有一个家伙对大家说:"啊,这个坏蛋!"另一个家伙用拳头擦了擦鼻尖向我示威,还有一人学着老师的样说:"(对敌人来说)不幸的是我们日本人有大和魂。"我更加反感,我不惜独自面对他们的攻击,以确信的口气说:"肯定要败,肯定要败。"于是就坐在吵吵闹闹的人群中绞劲脑汁打破对手们没有根据的论点。他们大多数不读报,也不看世界地图,也没听说过《史记》和《十八史略》的故事。正因为如此,终于被我一个人大说一通,不服气地闭上了嘴。但是,郁愤难消,他们在下节课上立刻就告诉了老师:"老师,中勘助君说日本要战败。"老师又做出那副脸说:"日本人有大和魂。"又是和往常一样把支那人这样那样地臭骂了一通。我就像自己被说了那样,忍不住说:"老师,如果日本人有大和魂的话,那支那人也有支那魂吧。日本有加藤正清和北条时宗,支那不是也有关羽、张飞吗?另外,老师常常说起谦信给信玄送盐的故事,告诉我们同情敌人是武士道精神，却又为什么要尽说支那人的坏话？"

我说出这些话，把平生憋在肚里的火全部爆发出去。老师面有难色，过了一会儿说："中勘助君没有大和魂。"

我能感到太阳穴青筋暴跳，但又无法把这大和魂取出来给他们看，只好就这样红着脸不说话。

虽然忠勇无比的日本兵彻底打败了支那兵，也打败了我那个自作聪明的预言，但我对老师的不信任和对同学们的轻蔑怎么也无法消除。

这样那样地和大伙凑在一起的事情在我看来是愚蠢的，不知不觉就疏远大家，常常从旁边嘲笑着看他们的闹剧。有一天，我独自站在走廊，手肘靠在多年来被调皮鬼们用手磨得锃亮的把手上，眺望他们在藤架下玩的把戏，笑了。从后面走过的一个老师突然叫住我问："你笑什么？"

我说:"小孩们的把戏很可笑。"

老师不解地问:"你不是小孩吗?"

我说:"我虽然是小孩,但不是那样的傻瓜。"

"这个麻烦了。"老师说着就进了教员办公室,对其他人讲了。我大概让老师们犯难了。

三

　　同年级的学生谁都被我视为蠢不可及的傻瓜蛋,但是可以称作傻瓜蛋队长的蟹本君却让我由衷地同情。他几乎就是白痴,看个子已经有十六七岁的样子。他在每个年级都待个两三年光景,慢慢升上去,结果就正好和我们成了同级。他也不知道自己的年龄,因为是白痴,还长着一张极其幼稚的脸,所以谁也不知道他到底几岁了。他胖胖的圆脸上长着蚕豆大的黑痣,他以此为标志,成为全校的宠物。如果有人半开玩笑地说:"蟹本君,你脸上有墨迹。"他就呵呵呵地笑,落落大方地说:"那不是墨迹,那是黑痣。"他斜挎着和他的体态不相称的、连一颗珠子也没有的小算盘,随心所欲地、无所事事地来了,厌倦时,就不管还在不在上课,倏然而去。人都会对和自己不在一个档次的弱者产生怜悯，这是一种利己主义的同情心，蟹本君因之拥有无与伦比的自由天地。即便如此，人活在世上有心情好的日子，也有心情差的日子。他在心情差的日子就基本上不出现，偶尔出现也不苟言笑，低着头看桌子，不久也不知道想起了什么，突然大哭起来，尽情哭泣完之前怎么也不会停。把他那个幽暗的胸怀中淤积起来的不为人知的悲怆毫无顾忌地大声释放完后，他就挎着那把算盘，若无其事地回去了。那样的日子如果有人好心要劝他几句，他总是发出鹦鹉般的叫声把对方赶跑。但是，不知为什么，他心情好的时候，没有人求他，他也会自告奋勇地说："我给你们当马骑。"作为一匹马，那他个儿也高，力气也大，又肥胖，骑着舒服，是匹名马，但是失去兴趣时，即便是骑马战大王之争的当口，他也会呆立不动，是匹不好使的悍马。

我无论如何也想弄清楚那种没有底的沉默，还有从那个沉默中涌出来的眼泪到底是什么，于是也不管大家笑话，试图接近他。我看到他神色还不错的时候就试着对他打简短的招呼，"早上好""再见"

什么的，但是他连帝王对臣下的那种轻轻点头的回应也没有。不管这些，我还是坚持不懈，结果有一天，像虱子一样粘在椅子上的他离开椅子一步一步地走近我，用他那短舌头结结巴巴地说："中勘助君是个好人。"说完，呵呵呵笑着走了。我因为这一句话高兴地跳了起来。他的话里没有一丁点假。那个时节，我已经过多地知道人的话里有谎，所以那句不经意的话深深地打动了我。我想我们一定会成为朋友的，我拿到了通往幽暗之门的钥匙，我很高兴。我想就在今天吧，就到他旁边的位子上试着和他说些话，但他只是笑呵呵的，毫无结果。之后他沉静下来，低头朝着桌子。于是我使出了绝招，学了一声漂亮的鹦鹉叫。但是这声叫让我平素的苦心全部泡汤了。蟹本君并不是我这种因为没有合适的伙伴而无奈落单的，他本来就不需要什么伙伴。

四

我哥哥有着那个年龄层的人一度都有的那种带着自我扩张臭味的、充满好奇的亲切，他费劲力气要通过严格教育把从小就和他完全不同的我强扭成他那样的人。因为他自己痴迷钓鱼，就为了挽救在邪道上一天天堕落的弟弟我，不管怎样也要训练我钓鱼。学校放假的时候，总是把不大起劲的我硬拖去。我不想惹恼他，只得跟他走，被迫扛着钓鱼工具徒步走到本所。那个地方，在哥哥看来有许多理想的钓鱼池，而让我看来有许多特别讨厌的钓鱼池。一路上，他从头到尾数落我，什么帽子歪了呀，脖子弯了呀，看卖灯笼的看呆了呀，摆手不均呀，等等。因为劳神，再加上路途遥远，累得筋疲力尽。后来终于穿过钓鱼池的旗杆，还没来得及松口气，就被迫坐在潮湿的池边，想到又要在这鬼地方消磨一天，实在讨厌。

　　脏臭浑浊的池子中打着桩子，上面隆起了满满的青苔。角落的淤泥上浮着红色的锈迹，上面有水蝎在吃棒棒糖，田鳖甲潜下又游起。看着这些鬼东西我就胸闷。再加上附近工厂传来敲铁板的声音，不绝于耳，让我头疼。哥哥说我切蚯蚓切得像样了，他很赞赏，但我一点也高兴不起来。我拿着分给我的鱼竿不知所措，但还是装作专心致志、不敢大意地看着浮标，心里却想着"凭什么非要喜欢钓鱼"之类的事，好生无奈。天生近视的哥哥一到了钓鱼池立马就有了一双利眼，他摆出五到七根鱼竿，又不知何时瞄上了我的浮标说："你看，钓着了是吧。"钓上来后又要被他说三道四，什么舀得笨拙、脱钩的方法也不好之类的，于是我故意懒懒的收线，暗暗希望鱼赶快逃掉。这时我看到粘满泥浆的黄色鱼腹就发呆，啊，好脏的鲤鱼啊。哥哥终于发火了，把球丢了过去，这时鱼往往会挣脱钩子逃走。就这样完成一天的苦修终于到了回家的时候，这时腥臭的鱼篓又成了重重的负担。他还说是为了教育我，故意要我绕弯路走一些我讨厌的路程，那是一些有旧工具店、仓库、推车和水沟的路，电线在风中作响的路，排着小摊的路。一路上我被他训斥着，用疲惫不堪的脚跟在后面小跑。因为本来是远路，还要绕道，还没到家附近天就黑了。我心中满是不乐意……这时傍晚的天空中闪出一个、两个星星。姑母告诉过我，那是神仙和菩萨住的地方。我从星星那儿获得了力气，留恋地呆望了一会儿。哥哥因为我慢了，就生气地说："你在干什么？拖拖拉拉的。"我回过神来说："刚才在看星星姐姐。"话音未落，他就怒骂道："傻瓜，说'星'。"他真是一个可怜的人，不知道是什么缘分让我和这个人在通往地狱的路上结伴，并且叫他一声哥哥。憧憬心让孩子把在太空中轮回的冰冷的石头叫做"星星姐姐"，这有那么不堪吗？

五

有一次,他又以教育的名义把我带到海边。因为有以前那次愉快旅行的记忆,还有我的好友已经先去那儿等着了,所以我例外爽快地答应了,哥哥不知道这些原因,所以很高兴,前一天晚上带我到畀沙门庙会给我买了一册《小国民》杂志。第二天早上又态度亲切地带我走了。这有些意外。我想这样的话还行,就带上《小国民》出门了。正好是七夕那天,各家各户都插着细竹,上面挂着五色的短册[1],茅草屋顶上盛开着清凉的露草。我好奇地呆看着这些东西,问为什么镇上不是这样,这就受到哥哥第一个喝斥。我的心情荡漾在绿色的田野、天空、大海和白帆上,正有许多话要说、有许多问题

---

[1] 短册:折成条状的纸,上面写着诗歌或者心愿,挂在细竹上,这是七夕的一种风俗。

要问，但却因为怕被训斥，只好咽在肚子里自己琢磨。哎，还是不来好。正想着，又因为沉默挨了训。哥哥为什么这样动不动就发无名火？原来是因为我没有问他火车是怎么开动的，他就生气了。

我们到的地方是一个被阴郁的柴栅栏围着的渔村，到处丢弃着贝壳。我们住进一处茅屋，朋友早就在那里等我们两人了，另外还有一对黑皮肤的老年夫妇，还有和他们相同肤色的女儿。正好是午饭时间，像黑猫一样的那家人给我们三人拿来了脏兮兮的饭，那是他们一家人使用的仅有的碗，要等我们吃完后他们一家人才能吃，所以我们得吃得快。知道这些，我也没什么心思吃饭，吃到一半就把筷子放下了。

因为这家太狭小了，商谈后决定我和哥哥转移到一里路开外的海角那儿去住。朋友要送我们，兼散步，就和哥哥一起走。我一个人坐着乡下的拖车先走。拉拖车的那个胖胖的男人看上去挺诚实的样子，一点也不惹人讨厌。车子在阴郁的柴栅栏间转着转着，无名的寂寞涌上心头，让我难以忍受。不管我怎么努力打岔，家里的杉树围栏，茶室之类的影子总是浮在眼前，想到今明两个晚上回不去了，不觉哭丧着脸，泪珠子掉到膝毯上，让在那儿玩耍的渔家小孩看到了。"看，哭鼻子了，哭鼻子了。"他们不约而同地笑了。大叔不停地回过头来安慰我，但方言不一样，我什么也听不懂。路旁的墙根间爬出漂亮的方蟹，它们听到车子的声音又惊慌地逃走，我斜眼看着它们，想要捉几个玩，不觉就到了海岸。路沿着小山蜿蜒起伏。我担心潮水马上就涨上来走不通，而大叔却若无其事又若有所思地一步一步慢慢走着。走到某个转弯处，我往后面看到了哥哥他们的身影。刚刚把涌到咽喉的抽泣压了下去，哥哥匆匆追上来，把我从车上拉下。从岩石海岸到岸外海面，像鱼鳍一样的礁石，凹凸不平，延绵不断。被挡住进路的海浪隆起一个个像秃头海怪那样的波峰，又立刻破碎四溅。路上每转一个弯，海湾就变得更窄，低低的海浪重重击来，听到这声音，胸中悲起，又涌出好不容易压下去的眼泪。一个浪"嘭"地一下敲碎了，化作泡沫消散，转眼又是一波海浪敲碎。刚过一个湾,下一个湾就在隆隆鸣响。我又饿又累地跑来,而海角还呈现在遥远的对面,海浪的声音经久不绝。当我们追上被牵成一列慢慢行走的五六匹母马时,朋友突然看到我噙满泪水的样子,就小声告诉了哥哥。哥哥说:"别管他,随他去。"就走了。朋友一步一回头,一步一回头,后来就停住了,亲切地问我是不是累坏了,或者身体不舒服?我老实地告诉他:"波浪的声音令人悲伤。"哥哥瞪着我说:"你一个人滚回去。"说着就加快脚步走了。朋友对我的回答吃了一惊,他安抚哥哥说:"男孩还是要多多磨练。"

六

尽是岩石的海角根部附近有一栋落单的屋子静静伫立。我们到那儿的时候太阳快要沉下去了，云朵包裹着太阳正在燃烧，它们像车轮一样旋转。这云朵渐渐变红，变紫，变蓝，变得和天空一个颜色，最后消失殆尽。我抓住檐廊的柱子眺望粉碎在海角的浪花发出磷光，气管周围发涩，眼泪就不住地淌下脸颊。我把眼泪擦在柱子上忍着，就想着快到明天吧。雨和夜风让松林鸣响，虫子也叫翻天，女佣来关门窗，没有办法，我只好进屋，藏着哭脸拿出《小国民》读起来。卷首插图上画着被射中额头的鬼童丸[1]一手拿起牛皮，一手持刀对准赖光[2]的

---

[1] 鬼童丸：古书中传说的盗贼。
[2] 赖光：源赖光，古代武将。

场面。一页一页翻过去，看到了《少年太鼓手》的题目，就读了这部分。插画上主人公扬起棒槌，打着挂在胸前的太鼓，也不顾落在后面的伙伴一个劲地朝前走。读着读着，那个长着大头的、反应迟钝、平生遭人嘲笑的太鼓手就变成了自己，眼泪一滴一滴落到书上，终于挨了哥哥最后一声喝斥。

第二天早上海面完全被雾封住。驶进这迷雾中的船上传来摇橹声，这让我非常高兴。看不到船，只听到像某种鸟鸣似的声音。这声音也像某种动物的婴儿在呼唤母乳。朋友来了后，一起去了海边。沙子、石头，还有被拍打到滩上的海浪形的海草都淋湿在朝露中，昨晚那么吵闹的虫子还在各处发出可爱的叽叽喳喳声。平地和倾斜的海滩之间有一道沙丘，那上面扎满了杂草和被风吹来的黑松球。轻盈的渔船被拖上岸。各处散落着拖船的滑板、像鸟巢那样的鱼槽、舀子、绳子、海胆和海星的壳等。过了一会儿雾散了，底色湛蓝的海上升起鲜亮的旭日，额头上痒痒地渗出汗。这时，从沙丘之间的小路上走下渔民和女人、孩子，吵吵嚷嚷地开始拉渔网。他们轻轻地吆喝着一步一步地牵拉着的时候，各处堆起的石花菜被点燃，吐出白烟。这时哥哥已经一个人游到对面的岩石上去了。我到那些只有在下雨时才能形成河流的积水中捡石头和贝壳。那里有许多小螃蟹，初看就像贝壳，等一会它们就伸出手脚轻快地走动。有尖尖的，有圆圆的，五花八门的贝壳，但它们其实都是小螃蟹，这有些滑稽。朋友找来了一个二寸长的海螺壳，正面有两个可以穿线的小孔。我正想着回家后用作姐姐给我的那把阳伞的坠子，哥哥上岸了，叫我把两手拿着的贝壳和石头什么的都扔掉。我没有办法，只得依依不舍地扔掉，一个，两个……终于扔到最后，就剩那个海螺了，这个我实在不舍得扔，就磨磨蹭蹭，哥哥发火了，他扬起了拳头，朋友赶忙劝住，他才勉强同意让我把这一个带回去。这个海螺壳现在还结着穗子在旧玩具箱里保存着。

七

哥哥非常热心而又十分严密地对我实施了各种各样的严格教育。有一次,因为一件偶然的事情,两人终于断绝了这种困苦的关系。

不知何时起,哥哥已经不能满足于在鱼塘钓鲤鱼了,他开始训练撒网打鱼。他照例让我背上鱼篓,再三带我去附近的河边。走过四五町路,跨过一座桥,那儿就是河边的原野。被染成红白两色的花纸绳晾在像盾牌一样排着的木框上。再过去就是水车坊。水流在长长的水管中疯狂地互相推搡挤压,看上去像活物,让我毛骨悚然。大水车吹出水花之气,流下滴滴汗水,咯噔咯噔令人恐惧地在旋转。在飞扬着糠灰的舂米场上,无数根杵咚咚咚地在舂米,像在跳独脚舞。走到那个地方的时候，不知为什么，我的舌根会发苦，老觉得自己好像要被压扁了。从那儿拖拖拉拉地走到河的上游，此处有一座坝，那上面蓝色浑浊的水分成三股，一股流向水管，一股流向对岸的森林，剩下一股从坝口滚滚而下。看着那跳起来的水花、涌上来的水泡、反过来往上长的悬崖、横向飞去的水流，我感觉被无底的寂寞和恐惧所袭，一心只想着快点回去。有人说这个瀑布潭的主人是河童，也有人说是六尺长的鲤鱼，并且他们都说是听实际看到的人说的。因为被这个东西看中，每年都有一两个儿童丧身，为了这些可怜鬼，小小的石子河滩上建起了一座墓。那些孩子们现在怎样了呢？再看到被风吹得起浪的广阔的绿田，胸一闷，眼泪就突然聚在眼皮下。这眼泪从心灵深处涌出，根本没有办法止住。有四五间草屋稀稀拉拉地排列在那儿，为了隐藏这个哭脸，我拼命盯着脚下，走进了其中的一间。那是一家出租渔网、出售渔具的店，被阳光晒旧的榻榻米上排放着被涂成各种颜色的、细长的、或者矮栗形的、或者圆形的浮漂、线卷、钓竿等。庭前水沟里有水流过，里面游着青鳉和虾，田间小道上排着麻栎树苗，绿田的尽头是山丘，那儿有漆黑的森林，无边无际地延伸。哥哥拿着渔网，我提着鱼篓，两人都赤了脚，从瀑布的侧面走下山崖，朝对岸低洼的地方走。哥哥以前撒网撒不开，只撒成葫芦状，最近刚刚学会了撒开成圆形，正掩饰不住喜悦，可这事对我来说又有什么好玩呢？我听着蝉鸣，想着田里的紫云英，站在森林投在河上的昏暗的背阴中，只听见哥哥时不时又一条两条地抓到了鳑鱼、鲍鱼之类的，说着："哈哈，好棒啊！"就把鱼放进我拿的那个鱼篓。为了让鱼能呼吸，我把鱼篓浸在水里，感觉像朋友一样探视了一下，看到这些和我一样的胆小鬼一听有声响就吃惊地凑在一起。这期间哥哥没有看到我撒网就哇哇大叫。

有一天，又是这样站在河中，我看到脚边有一枚雪白的石子，俯身就要去拾，结果让哥哥看到了，他问："干什么？"

我说:"捡石子。"

"混蛋!"

我并没有像往常那么害怕,我之前想了又想、想了又想,终于想通了。"哥,"我从他身后镇定地说,"哥你可以捕鱼,我捡石头有什么不好?"

"别猖狂!"他严厉斥责。

我冷笑着,盯着他的脸说:"如果我说错了,请指正。"

"讨打!"哥哥说着就扬起了手。我静静地把鱼篓挂在垂下来的树枝上,就要爬上崖回家。我看到他弯腰蹲在昏暗的树荫下,突然又可怜他,心想他那样放狠话,但心中一定很寂寞,所以我就在岸上拼命地喊:"哥哥,哥哥,我留下来陪你吧。"

哥哥像没有听见那样收着网。

"再见。"我有礼貌地脱下了帽子,独自一个人回家了。从那以后,我们绝不会一起出门了。

八

我家周围还有一些没有被砍掉的桑树，父亲很欣慰，也想让孩子们受到一些实践教育，就从邻居那里分来了些蚕蛹给我们养。母亲和姑母嫌麻烦，叫苦不迭，但实际上却很得意，她们想没事的，从前那种养蚕的辛苦不会真正重来，现在只是一种乐趣，就兴冲冲地切着桑叶。那些蚕蛹起初只是躲在叶子底下，后来就一天天长大，晃着光头就挺起来，横扫叶子。我也用小小的点心盒子分到了五六个蚕宝宝。姑母告诉我蚕宝宝原本是小姐，我睡前和早晨起床后都要向"她们"请安，去学校前也要把"她们"郑重地托付给家人。放学回家后，姐姐头戴手巾，把围裙的两端系在腰带上，我捧着竹筐，一起去采桑叶。只要是手抓得到的地方，有看上去好吃的叶子就采下来，把手指弄得黑黑的。从蚕宝宝凉凉的嘴唇中吐出来的丝有着美丽的光泽，这成了祸害，因为它们从遥远的古代起就被人饲养，丧失了自己寻食的能力，它们只是在草席上排好脑袋，老老实实地等着有人把桑叶撒下。姑母像真的那样说："富贵人家的小姐居然也这么懂事，这么规矩。"起初它们的草腥气，和冰凉的身体让我有些不快，但一想到她们是大户人家的小姐就没事了，背上月牙形的斑纹也让我觉得是可爱的眼睛。小姐结束第四次禅定后身体清净得几乎透明，连桑叶也不吃，左顾右盼，寻找入寂的场所。此时把她轻轻地移放到蚕茧架上，她就在合适的地方坐定，静静地晃着脑袋织起白色的幔帐，要把自己藏起来。一开始看上去还只是在摇晃脑袋，转眼间隐约不见，凭着神通，也不用梭，织起草袋形的幔帐，一个个躺在蚕茧架上。我感觉仿佛被她们撇下，怎么说也要一直留住她们。母亲和姑母却毫不犹豫地取下蚕茧放到锅里煮。接着把淡黄色湿湿的蚕丝一圈一圈地卷在框上，幔帐被无情地拆散，蝉蛹的尸体现了出来，哥哥就把它们放到鱼饵盒里朝鱼塘飞奔而去。有关小姐的梦就这样醒了。蚕丝被送到作坊，织成怪怪的乡村手织绸缎。

点心盒里还留着几个传种用的蚕茧，不知道是不是我的念想穿透幔帐传到了里面的小姐，还是小姐不忍丢弃这光彩夺目的夏天的世界，不久后她乌黑的眼睛上面长出了漂亮的眉毛，还长了一双翅膀，在新的喜悦中颤抖，她华丽转身，却又让人想起从前的样子。接着又向左向右地，像画圈那样走路，寻找互相亲热的伴侣。看着这一切，我觉得无比新奇，比看到竹子里跑出人[1]还要啧啧称奇。蚕老了变成茧，茧散开变成蝶，蝶产下卵，看到这些，我的知识全了。这完全是不可思议的谜一样的循环。我想一直就这样以小孩般的感叹注视周围的世界。人们对见多了的东西视而不见，而每年春天树上新发的芽似乎应该让我们又一次惊奇。如果说我们不懂得这一点，那是因为我们连包在小小蚕茧中的区区小事也一无所知。

---

[1] 竹子里跑出人：日本童话故事中的情节。

当蚕卵孵化的时候,桑树也少了,人手又不够,没有办法养那么多蚕了,于是家里人趁已经和蚕茧结为兄妹的我不在之际,把大约一半左右的蚕扔到后院的田里,让麻雀去吃。这些蚕被正好去采桑叶的我突然看到,我大吃一惊,飞奔回家,问这是怎么回事,大家说这说那地回避话题,谁也不搭理我。我几乎要磕头求家人一起去捡回来养下去,但是谁也不听我的。当他们看到老奸巨猾的诡辩终究蒙骗不了单纯无垢的孩子的慈悲心时,终于使出了惯用伎俩,那就是大声呵斥我。我心中涌起了懊恼和憎恨,对大家瞪着眼睛,发疯似地骂他们,之后跑到后院哭泣。如果那个时候我有力气捏碎他们,我会把他们捏成一串数珠去喂麻雀。此后每天我就说头疼从学校早退,为那些晃着脑袋诉说饥饿的弟妹们采桑叶。但是那些弱小的家伙抵挡不住昼热夜寒,每天都有几个"重归于土"。

那是一个开始下雨的傍晚,家里人怎么喊也看不到我回家,于是姑母就跑出来,看到我把伞撑在那些被丢弃的蚕的上面。一看到姑母,我就哇的一声哭倒在她的围裙上。通佛性的姑母也很想为我做点什么，但没有办法，就反复念着佛，终于把我哄回家。之后，家里人看到那个地方立了一块小石碑，上面有我手书的"呜呼忠臣楠氏之墓"。

九

一是因为境遇,二是因为性格,所以我早熟而动辄苦恼。给我带来莫大慰藉的是绘画。擅长四条派[1]绘画的领主大人曾赐给我父亲一卷粉本[2],父亲又给了我。这是我秘藏的宝贝,同时也和狗狗先生和红牛一样,是姑母在我发脾气的时候拿出来给我去火的灵丹妙药。这幅画把美丽的大自然中特别美丽的鹭、鹤、松、日出等优美地呈现在一起,给我空虚清澈的胸中带来了不可言状的梦想和陶醉。那时节我已经不能满足于观赏画作了,我知道哥哥不会高兴,但我开始把薄纸盖在插画书上描画,还临摹粉本中比较容易的画。用的是家里给我买的便宜

---

[1] 四条派:日本绘画流派,其开祖曾居京都四条。
[2] 粉本:用粉打的底稿。

的画具，那个藏青色盒子中立着八种颜料，还有一支毛笔，盒子上的商标是一个跳跃的狮子，配着从姐姐那里传下来的洗笔槽。但是没有人教我。我只好把自己关在屋里，一次又一次地画到画坏，苦心尽力，每条线、每种颜色都得自己下功夫，但这正好可以算得上我的自由创作。犹太的神在创造万物的时候有没有体会到我画完一只鸟一朵花时的满足感呢？红色和黄色掺在一起变成橘黄色，就这点事能让我高兴得手舞足蹈。哥哥果然很不高兴。我好不容易画好一幅正在桌上拿起来端详，他从旁边走过，故意把画贬得一钱不值，这当然无法挫败我的勇气，我是充满喜悦和力量的小造物主。我按照自己的喜好为那些插画书上的花魁和小姐的衣服选颜色，或者在人物的下巴下面添加一道纹，或者改变蹙眉的方向，又像从前的神那样把自己制作的作品当作恋人，郑重地放到抽屉里。但是这些在纸上创造出来的美丽的东西终究无法变到现实世界上来，一想到这，我就非常焦躁。

我还非常喜欢唱歌。这个哥哥在的时候也不允许，只好趁他不在的时候，特别是在晴夜望着清澈的月亮，静静地唱，唱着唱着眼泪就积在眼皮上，从月亮那儿传来闪烁的佛光。有时，姐姐的朋友中有声音很好的来找姐姐玩，也教我唱歌。我在学校是唱得最好的，但在有着圆润歌声的那个人面前只是畏缩，只能小声地跟在后面唱。那是在从前和小蕙一起玩的那个倚臂窗那儿。梧桐树叶在风中沙沙地闹，虫子在叫，成群的夜鹭声响彻夜空。

十

　　我最讨厌的学科是修身。小学高年级后不再用挂图了，改用教科书。不知道为什么封面脏兮兮的，插图也不好看，纸质和字体粗陋，拿到手上就觉得恶心。至于上面的故事，哪个都是孝子贤孙受到领主大人的嘉奖，或者正直的人发了财，都是一个调调，毫无趣味。再加上那个老师只会用最下等的功利的说法解释，好不容易开出的修身课不仅一点也不能使我变得更善良，反而起到相反的效果。以一个十一二岁的小孩的有限的见闻，对照自己的人生经验也知道那些故事不可信。我认为修身书是骗人的。在举止不端要被扣分的可怕的时间段，撑着脸颊，或看别处，或打哈欠，或哼歌，尽量举止不端，露出不可遏制的反感。

我上学以后大概已有百万次听到孝顺这个词了。但他们所谓的孝道毕竟是建立在感谢获得生命以享受无上的幸福的基础上的。这对我这样早已尝到生命之苦的孩子来说有什么霸权！有一次,我怎么也想听听缘由,就去捅那个没有人敢碰的恶性肿瘤:孝顺。

"老师,人为什么一定要孝顺。"

老师的眼睛都圆了,"你饿肚子的时候有饭吃,生病的时候有药吃,那都是托你父母的福。"

"但是,我并不那么想活下去。"

老师的脸色变了:"父母之恩比山高,比海深。"

"但是我不知道这些事情的时候,比现在要孝顺多了。"

老师发火了:"懂得孝顺的人举手。"

那些家伙一个个生怕落在后面,齐刷刷地举起了手。他们满怀着对我这个不讲道理的卑怯者的愤懑,对独自一个没有举手、红着脸羞愧的我翻着鄙视的白眼。我很懊丧,但说不出什么话,只有沉默。从那以后,老师经常用那个有效的手段封住我提问的口。我为了避免这种屈辱,有修身课的日子就请假休息。

十一

有天晚上,我受人相邀到少林寺去玩。庙里有一个叫贞仔的孩子,年龄比我小一岁,年级也低一级,脸是熟的,但一直没有机会,也没有想过成为朋友。我第一次去,心怀不安和好奇,穿过了没有门板的庙门。在佛井旁边眼熟的木樨树荫下,我们几个人轮流喊,贞仔就吱呀吱呀地把内侧门拉开,把我们带进了茶室。他们家里人为了我这个珍贵的客人特意拿出了珍藏的吊灯。那是在那个年代也已经很少见的老式吊灯,四面是玻璃,当中点着灯。我们在照得上下左右通亮的灯光中玩多米诺骨牌和旅行棋。我还记得旅行棋起点的日本桥的地方画着卖鲣鱼的,还记得自己把地名"御油"念错被大家笑话的事。那是我生来第一次晚上出去玩。和那些喜爱孩子的开朗的人一起玩非常开心,尽管是第一次见面也玩得很痛快。我拿体弱多病作挡箭牌，在兄弟姐妹中受到宽大的待遇，算是任性放肆，尽管如此，行住坐卧四面八方还是受到许多限制，小孩该玩的东西也没有玩过，没有属于自己的游乐场，所以，那个像是特地为孩子开放的没有门板的庙门里面，就是我难忘的自由天地。从那以后我屡次三番地去那儿玩。出于多种原因，我曾失去了一般的孩子拥有的许多幸福，诸如纯真无邪、快活等。一个不像孩子的孩子，这才真的尝到了孩子的快乐，度过了难忘的时光。一个内向忧郁的孩子获得了在阳光下才能获得的有关自然的知识。这些，在我的那些天性，那些很不讨哥哥喜欢的天性已经形成之后，又对我进行了塑形。因为这些，少林寺的院内，对我来说有着特殊的意义。

以前这座寺院的檀家主要是幕府将军的家臣，江户的地图上甚至找得到它。明治维新以后，那些信徒四散而去，偶有留在本地的也凋零了，自然，这座庙意想不到也陷入困境，一年一年荒废下去。尽管如此，当年被姑母背去时的旧模样大致还在。

伫立在大门口的孔雀还骄傲地拖着那条豪华的尾巴，各色绽放的牡丹上过去和现在都飞舞着几双梦游般的蝴蝶。隔着高高的石楠树隔离带，左手边是方丈和家属的住所，从那向右转是内庭，有花坛和草莓田，砍剩下的老树桩在各处投下阴影。从那儿直角向右转是庭院，本堂是朝西的，院角有一棵大罗汉松，像岩石疙瘩那样的树根蔓延到庭院的当中，纵横伸展的树枝形成绿色的天幕，可以让几百个云游僧人在下面休息。对我们来说，下阵雨时可以躲雨，夏日里可以乘凉。比那儿低一层的崖边是菜地，开着萝卜花和油菜花。王瓜和五爪龙疯长。蓬草中还有一口老井，井中轻快地飞出蚊子。从罗汉松后面是长满白山竹的土堤，堤上有一条狗路穿到北边，那儿是一片长满栗树的墓地，一座石塔埋在栗树的花和叶子、还有栗子壳斗中，垢迹斑斑，上面常常趴着笄蛭[1]。

贞仔是个诙谐、和气的孩子，什么话都听，什

---

[1] 笄蛭：也称"天蛇"，头部作扇状，生活于阴冷的土壤中。

么都玩。而我之前没有怎么在室外玩过，缺乏玩这些东西所必要的知识，这些都让贞仔当老师教我，两个人要好地玩耍。

十二

　　春天的时候，我们去斜坡对面宽阔的原野放风筝。贞仔的那个是胡子达摩，我的那个是用木框作的金太郎。起初，人还握着线，风筝还听话，但它越飞越高，渐渐桀骜不驯，最后它控制了扯着一根细线痴迷地抬头望天的人。它呼啸着、又悠悠荡荡地翱翔于天空之海。有时线绷得太紧，或者不知怎么触犯了它，它开始转圈时，这边开始慌了，讨饶道："饶了我吧，饶了吧！"拼命地放线，来讨它喜欢。可怕的是消防队长的儿子放的那个粗骨风筝，突起扭转的藤条框发出痛快的声音，长长的尾巴强有力地弹起，紧绷着的提线处有木件上的铁齿闪闪发光。大家都讨厌坡下镇上欺负人的小霸王放的两枚般若面具的风筝。那个家伙一开始就是要挑事吵架的，风筝上也不安尾巴，提线也调到战斗状态，哔哔哔地发出令人讨厌的纸鸣，一个劲地捅上去，被提线扯得越发紧绷着脸的般若像疯了一样扑向附近的风筝，用新发明的钩刀一下就切断了提线。我们只趁着这打架风筝不在的时候去放。一手拿着重重的卷线筒，另一手像拉着马嚼子那样拉着提线走，于是风筝就像赛马场上的马那样越来越振奋，动不动就要嗖的一声飞出去。在春风吹拂的天空中精神抖擞地飞扬着这些风筝，其中，我那个木框骨的金太郎显得特别耀眼，让我骄傲。就这样忘情地放着风筝，不觉其他孩子都回去了，暮色笼罩下的原野上只有我们两人。突然发现这个情况后，我们马上就有些不安，慌忙要收线，偏偏这时线绷得很紧，越急越拉不下风筝，这期间太阳迅速沉下去，分分秒秒都在变暗的天空中只有金太郎和达摩的眼睛在发光。双方都知道此刻的心情，却不肯认输，装作平静的样子，心里想着："到晚上也拉不下来的话怎么办？要不，把线全部放光？"最后终于拉下风筝、收好线、放下心，这才相视一笑："哈哈哈哈。"接着说出了真话："我刚才真不知道该怎么办。"

两人约定"对谁也不要说"后回家。

十三

夏天我们每日沉迷于捕蝉。用粘糕捉的话会弄脏翅膀,就把糖袋子装在竿头,拿着竿子从院子走到墓场去找蝉。因为树很多,一圈兜下来抓得多到厌恶的程度。油蝉[1]只是吵闹,样子不好看,劲头不足。昼鸣蝉[2]圆圆胖胖的,叫声也很滑稽。寒蝉[3]唱歌唱得很有趣,会把那些敏捷的伙伴当作仇敌追赶。叶蝉[4]可惹不起。哑蝉[5]连叫也不叫就掉在袋子中间挣扎,真可怜。

还有,我们像小鸟一样,随着季节的变化,去

---

[1] 油蝉:俗名知了。
[2] 昼鸣蝉:成虫体黑色,有趋光性,雄成虫喜鸣叫。
[3] 寒蝉:青赤色,有黄绿斑点,雄蝉有发声器,夏末秋初时在树上鸣叫。
[4] 叶蝉:以危害植物叶片而得名,还传播植物病毒。
[5] 哑蝉:其实就是雌蝉。

寻觅那个季节结果实的树。青白色的李花凋谢后，我们焦躁地看着豆子般的果实一天天鼓胀起来，不久变得像麻雀蛋那么大，又不久变得像鸽子蛋那么大，变得鲜黄，又萌发出像脸颊那样的红晕，最后树枝弯下来，垂到地上。这时，只要肚子允许，一有空就偷偷摘下来吃，直到打着带着李子味的饱嗝。就算这样也吃不完，那些紫色的烂熟的果子就纷纷掉到地上。鸟儿就飞来，撅着可恨的屁股，啄来啄去。

栗子成熟的时候也很快乐。我们一个人拿着竹竿，另一个人捧着筐，把眼睛瞪得像鱼鹰和老鹰般锐利，走在墓地。发现明显有露珠像要掉下来似的裂开的栗子时别提多高兴了。用竿头敲打后壳斗就晃着，好像在回应。此时再狠狠给它一下，一个个就掉下来了。跳上去就捡，捡到三个就试吃一个。还有草莓，柿子。

山樱桃和枣子尽管有些不太好吃的，但我们也做绝了，不让一个留在枝头。木瓜开的花很优美，和其树体不相称，而硕大的果实又和花不相称。一个个重重地掉到地上，气味不错，但很涩，而且硬得像石头，牙也咬不动。

宽阔的庭院里到处造了花坛，还栽了许多树木，所以各个时节花开不绝，有百合、向日葵、金盏花、千日草、雁来红、还有像鱼子那样的棕榈树的花。

这个庭院的初夏的自然最让我心醉。暮春的那种像在雾气中发热似的、南风与北风交替吹来、寒暖晴雨飘忽不定的季节已经过去，天地一新，这就是明朗的初夏。天空像水一样清澄，充满了阳光，清风吹拂，紫草的影子随风摇曳，连阴郁的罗汉松看上去也少有地爽朗。蚂蚁们到处造塔，羽蚁从洞中出来，任性地飞来飞去。可爱的小蜘蛛在树枝上、在屋檐下跳起了黄昏的舞蹈。我们用灯芯钓地下的虫子，我们掩埋地蜂的洞穴，竖起耳朵听它们尖叫，我们寻找蝉壳，我们捅毛毛虫，所有的东西都是那么的新鲜而有趣，活生生的，没有一点讨厌的地方。那时，我喜欢站在罗汉松阴暗的树荫下静静地凝视沉入暮色的远山，我看到绿色的田野，看到森林，听到乘风而来的水车声和蛙鸣声。此时，对面高台上的树林中响起了浑厚的钟声。我们俩目送空中沐浴着残阳飞过的夜鹭群，唱起《暮色苍茫》。偶尔也有白鹭伸开长脚飞过。

十四

银色的艳阳用温暖的梦幻包裹着地上的鲜花,而牡丹就像这梦幻之国的女王般盛开在花坛,有白的、红的和紫的。穿着各色羽衣的蝴蝶们也像梦幻般地飘来戏花。长着斑点的甲壳虫浑身沾满花粉,沉醉在蜜汁中。这时,我看到了平常无声无息、闭门不开的那个厢房的门开了,一个老和尚靠在扶椅上。厢房的前面是老和尚秘藏的老牡丹树,淡红色的单瓣花含着芬芳饱满绽开。这个狭小的天井和正堂隔着一座拱桥,向阳的屋檐下是一株枝叶繁盛的秋海棠,面对正堂左端有梧桐树,右端有树荫清凉的玉玲花。七十七岁的老和尚一个人关在屋里,除了早晚的佛经默诵以外不出声。我们只凭不知何时从缝隙中飘出来了香气上判断,里面有一个像石头一样静坐不动的人。有时,老和尚要喝茶了,就摇起那个发出蝉鸣般声音的铃，如果没有人听见，老和尚就手捧小钵状的茶碗，走着碎步跨过桥自己去泡茶。偶尔他被叫去做法事，就戴着头巾，一手拿着数珠，一手拄着拐杖，蹒跚而去。谁也想不到这个寒碜的和尚在必要的时候会穿上绯红的法衣。老和尚和这个世界真的是相隔一座桥，除了世间到了夏天会开牡丹花这件事以外，他好像什么也不知道，只是寂寞地净心修行。我不知不觉以童心敬慕起这个老和尚，想仰攀他。那个时节，我已经和寺院里的人不见外了，就算贞仔不在我也每天去玩，像老人那样把手撑在腰上在院子里走动，在清冷的墓地里转悠，时常想着他人和自己的身世，饱含眼泪。我就像拖着脚链的囚徒那样，自惭形秽，低头看着自己的脚，一边沉思一边走着，那成了我的特殊习惯。

十五

有一天，贞仔不在，我一个人去玩了。那个厢房中照例响起蝉鸣般的铃声。不巧茶房里谁也不在，我果断去厢房。过了桥，那个昏暗的屋子里透出挂在衣架上的袈裟和数珠，一缕香气也漏了出来。我已经走到了那儿，却突然畏缩犹豫了。耳朵不灵的老和尚大概没有听到脚步声，又当当当地摇起了铃。我终于打开了门扉，双手着地。对方不经意地把大茶托伸过来，抬头一看，说："啊，这个……"我眨了眨眼皮行了一个礼，就把茶托接过来，好像很害羞，又好像很高兴，怀着心想事成的心情来到茶房，如愿让人倒好粗茶。那座桥有点烂，摇摇晃晃，一不小心茶水就会泼出来。我低头把茶递过去，他又说："哦，这个……"我静静地关上门扉出了口长气，过了那座桥。从那以后，我时常替寺院里的人去为老和尚取茶。我总想得到说话的机会，但到了跟前就说不出一句话，只默默地接茶碗，默默地递上茶碗，随后就走了。对方也总是重复一句谜一样的"啊，这个……"从不多说。有次，我捧着漆成黑色的茶托过桥时，来吃南天竹果实的小鸟慌慌张张地站上来，让茶水四溅。月夜下，有时白色的花瓣纷纷落满桥面。就这样我数度过桥，却对那个枯木一样的隐士无所适从。但是，有次铃声又响起来，我和往常一样把茶碗给他放好就要出来，却意外听到他在背后叫住我："我给你画画，你去买些纸来。"我的心情像是自己被一只狐狸叼住了，买来了纸递到老和尚面前。老和尚往常像生了根一样稳坐在靠椅上，这时却站了起来，带我到旁边一间日照较好的屋子。那间屋子的上上下下都是茶红色的，那颜色像被熏了的柿子。屋子里挂着一幅字，上书：椿寿[1]。我从来没有坐得离他这么近，紧张得汗流浃背。以前一直以为这个人是一尊石佛，只

---

[1] 椿寿：典出《庄子》"上古有大椿者，以八千岁为春，以八千岁为秋。"意为长寿。

会摇铃,现在我看到他的一举一动都觉得很新奇,所以就盯着看。老和尚取出硕大的砚台,研了墨,拿笔唰唰唰就画了丝瓜,那是一片叶子,一条藤,一个丝瓜,再写上一句:"世间一丝瓜[2],悠悠自垂挂",加上一个茶壶状的印记,左看右看,突然哈哈大笑:"这个送给你,拿走吧。"说着就把砚台放在架子上,洗了笔,迅速回到那个金刚宝座,又变成一尊石佛。我像一只掉下树的猴子那样垂头丧气地拿着那幅画回家了。

老和尚是在三年后去世的。那时我已经上中学了,贞仔也当学徒了。我和寺院不知不觉中已经断绝了往来。有天晚上,突然有人来报信说老和尚去世了,我和父亲一起去吊唁。老和尚也没有什么特别的毛病,就是寿命到了。他从前的徒弟们在各方做方丈,轮流来伺候他。我跨过那座有着许多回忆的久违的桥,厢房里充满了香火的烟气,许多在大般若的时候见到过的和尚们凑在一起说话。当年老

---

[2] 丝瓜:在日语中隐喻无用之物。日本并无食用丝瓜的习惯。

和尚画丝瓜的那个位置上被安置了法椅,他就在法椅上,穿着锦缎袈裟,手持拂尘,就是从前那个石佛的样子,寂然趺坐。我走上前,像从前那样磕头烧香。那个被我们起了外号叫僧正遍照[3]的和尚口中说着:"这是大往生[4],大往生啊。"一边大口大口地吃着荞麦馒头。这时我才真像是一只从树上掉下来的猴子。

---

[3] 僧正遍照:古代僧人,因有和歌作品被选进广为流传的诗集《百人一首》,其形象经常出现在纸牌等印刷品上。
[4] 大往生:佛教用语,意为寿终正寝,终老天年。

十六

几年前，幸而有了同行的伙伴，姑母为了参拜列代祖先的墓，也出于对故乡的思念之心，离开了我们家，本来也就想离开一小段时间。结果到了那儿后不久就患病了，说是恐怕不是一时半会儿的事了。也因为上了点年纪，病愈后身体也越来越虚弱，就不能再出来了，她也就断了回到我们家的念想，受人之托在当地替某家亲戚看空房子。

旧派的父亲相信应该让可爱的孩子去旅行受锻炼，就凭他一个念头，我被安排在十六岁的那个春假到京都、大阪方向去旅行，治一下我天生的忧郁症。好像病的确治好了似的，直到接到要我回去的通知，我还兴致勃勃地到处转悠。回程中我想去访问一下姑母，和她道别。姑母住在河边叫做"御船手"的小屋的一角,那个屋子以前在幕府时代是藩国的御船手组[1]的办公处。因为不认识,问来问去一直到黄昏,才在一家杂货铺对面找到一座庙门似的门,走了进去。里面也不知道有没有住人,破旧至极,空空如也,没有一棵草也没有一棵树,赤裸裸空荡荡。我站在开着门的台阶口,喊了两三声,完全没有回应。因为这是陌生的地方,再加上天黑了,我有些害怕,看了一下周围,只见左手边二坪左右也不能称为庭院的空地的境界线上有一扇木门比较显眼。轻轻推开木门一看,昏暗中,一个脏兮兮的老太婆也不点灯,在檐廊前像一只虾一样蜷缩着身子正缝补着什么。我因为也没有人领就闯进了院子,自觉非礼,不禁后退了一步,但也没有其他地方可以寻访了,就在木门那儿低下身子说:"有人吗?"

老太婆脸上毫无反应,继续穿针引线。我又喊了一声:"有人吗?"估计她耳朵不好使了。我提

---

[1] 御船手组:江户时代管理船运的政府部门。

在手上的行李已经快脱手了,忍不住说着"对不起,打搅了"就走进去。这下她好像才察觉,抬起了脸。昏暗中也看不清楚,再加上她年老体衰已经瘦得不成形了,但那的确就是我姑母。我只是猛然望着她的脸。姑母急忙放下手中的活,在檐廊那双手着地正襟危坐地说:"是哪位啊?这年岁眼睛什么也看不见了。"

"……"

"我耳朵也不好使了。因此对大家很没有礼貌。"

她重复着这些话。我强压着万千感慨只说出:"是我。"

但还是没用。

"请问是哪位?"

她说着上下打量了我，好像觉得不管怎么说这是一个好人，就站起来把里面火炉旁的粗棉被移到佛檀下，说："请上来吧。"弯腰把我让进了屋。我这才镇定下来，笑着说："姑母，你没看出来吗？我是勘助啊。"

"啊？"

她跳了过来，眼睛一眨也不眨地盯了我一会儿，眼泪就滚滚而出。

"哦，勘助，哦，这是勘助啊。"

说着就像摸宾头卢[2]那样抚摸着比她自己已经高出许多的我的头和肩。又好像是怕我消失一般紧盯着我。

"长这么大了，真是一点也认不出了。"

---

[2] 宾头卢：又作"宾度罗"，日本佛教中罗汉之一，据传摸其像可除病。

说着把我让到火炉旁坐下,客套话也说得差不多了,还要抚摸的样子。

"来得正好,我以为到死也见不到了。"她几乎要对我行跪拜礼了,说着又擦眼泪。

十七

　　姑母点上那盏陈旧的油灯,说:"稍等一下,我去去就回。"就脚步不稳、摇摇晃晃地走下檐廊出去了。我孤零零地想,这大概是见最后一面了。想着姑母如此衰老,超过预想,想着自己不知不觉中长得这么大,想着往事,想着想着听到轻快的脚步声。姑母带着一两个我不认识的人来了。这是她今生还活在世上的老相识,都住在附近,是聊天的伙伴。姑母极为高兴,不由分说就把人叫来了:"我侄儿勘助从东京赶来了,你们快来看。"

　　这些没有什么事、没有什么顾虑的、友善的人,平素听厌了我姑母所说的"勘助",正好可以看看这勘助究竟是什么样的孩子,多少怀着些好奇心而来,只看到那个传说中的勘助也就是一个普普通通的孩子。他们又好心地折回家拿来许多沾满砂糖的高粱薄饼，放在火上烤了后会卷曲起来。姑母察觉我还没有吃晚饭，也不让那些自告奋勇的朋友代替她，执意要行使她自己"幸福的特权"，提着带有家徽[1]的小田原提灯[2]出去买菜了。之后，我听大家说这个房子的女主人到女儿家去帮忙已经很久了，姑母一个人帮她看房子，姑母不愿受人照顾，几乎睁着瞎眼，一个人自理家务。说着姑母喘着气回来了，到厨房点上了小油灯，一边做饭一边问着东京的谁谁谁的近况。大家看时机差不多了，就回去了。姑母很不好意思地说："这种地方什么东西也拿不出，请宽恕。"说着在我的饭碗旁放了一大盘寿司。放在炉子上煮的鲽鱼熟了，她就夹给我，我说"够了"，她说："别这样说，多吃点多吃点。"终于把菜放满了盘子。兴奋过头的姑母也不知道如何表达欢迎的心情，到鱼铺把那儿有的鲽鱼全买来了。我心里很高兴，望着这二十多条鲽鱼，吃得肚饱气胀。

---

[1] 家徽：标志家族的固定徽章。
[2] 小田原提灯：细长的折叠式手提灯笼。

之后姑母又怕碍事，把东西都收拾了，就触膝坐下，用她那双小眼睛紧盯着我漫无天际地说着话，好像要把我的样子收起来，带到极乐世界。我说姑母你眼睛不好，不必这么忙着干活，就阻止她干活。她说："什么事也不做、受人照顾的话，我受不了。"怎么也不听劝。我回想起姑母在我家时的那些事，一边从脏兮兮的针插上抽出一根木棉针，把线穿好，以便她明天干活时用。姑母说"我要敬佛了"，就虔诚地跪坐在佛檀前，用手指数着那串有些眼熟的水晶数珠，念起了经。在闪烁的烛光照射下，病弱的身体好像在摇晃。从前那个奋力扮演四天王清正的姑母，那个从枕头的抽屉中取出肉桂棒给我醒神的姑母，那个姑母仿佛已经变成了影子。姑母终于念完了经，关上佛檀的门，把身子伸进旁边的地铺，一边说："烦心的时候，我就想，这也许是我看到这个世界的最后一眼。虽然看上去还有寿命，还撑在这尘世，但毕竟上了岁数了，随时都可以大休了，每天睡前恳请佛祖招我去。"

看我穿着睡衣又说："不冷吧？风吹起来的时

候真没办法。"

"……"

"早上醒来的时候我就想,哦,还活着……"

话总也说不完,我就适时结束会话睡了。我们各自为了不影响对方假装睡着了,但都没睡好。第二天早上天还昏暗时,我就告别了,姑母没精打采地站在门前久久地目送我远去。

姑母不久就去世了。想必她就像那天晚上那样虔诚地跪坐在她梦寐已久的佛祖前祷告。

十八

十七岁那年的夏天,我是独自一人在当时一个非常要好的朋友家的别墅度过的。那是在从前哥哥领我去过的那个美丽寂寞的半岛上,在沿海岸的小山脚下孤零零立着的一座茅草房。所有的家务事由住在附近的一个卖花老太照顾。那个老太和我故去的姑母是同乡,不论是年龄还是口音,都让我觉得好像是姑母似的。那时我还完全能够理解她们那个藩国的方言,也还记得从姑母那儿听来的往事,因此两人立刻成了没有隔阂的聊天伙伴。

老太是由她哥哥抚养长大的。她哥哥要把她嫁给赌场老板,她不听,她哥哥就给了她一大堆棉花,叫她一个人对付。她就纺成线拿到批发店,换回棉花再纺线。每次以线换棉花时拿一点工钱,刨去饭钱好不容易还剩下一些钱。她用这钱去添置衣服，正在缝制的时候被她哥哥看到，那个抚养她长大的哥哥问也不问就严厉指责她买了这样的东西。于是她就想一路上靠织布到善光寺去拜佛，离家出走了。那时她十七岁。路上被一个形同人贩子的男人跟踪，感到不妙，当天就要在"信州妻子之宿"车站找旅店住下，结果那个人也到了同一个旅店，抢先溜进到深处。她不想在那儿住了要走，结果店主人横竖要留住她。她觉得很奇怪，刚坐下来还没有谈房费，而且日头还高着呢，为什么硬要留住？她质问了后，店主就说是刚才的客人嘱咐他不许让这个女的在自己走之前先走了，所以怎么也不肯放人。没有办法，正好有同乡来，她就把这事告诉同乡，让他和店主谈，店主二话不说就答应了。正要走，那个同乡的影子不见了，店主马上又凶巴巴地拦住不让走。这下，她把这事告诉了一个过路的老丈，老丈不费功夫就把这事揽下来了，说是到了自己家后可以和去善光寺的飞脚[1]一起走。她信以为真，跟着老丈去了，

---

[1] 飞脚：传递紧急文件和小件货物的搬运工。

结果在他家干了一个月农活，也没有能走的光景。这下只能一个人出去做学徒，好歹有了同路人，出发去善光寺。途中，出于不可思议的因缘，由抬自己的轿夫和旅店老板还有驿站差役做媒，她和巡捕结了婚。但是，不知怎么这个男人实在是太讨厌了，一直想逃走，却不觉就那样过了几年，后来才实现了夙愿，到了善光寺拜佛。不巧，两个人都在那儿患了严重的麻疹，突然倒在地板上。后来终于身体能自由动弹了，因为会一点做伞的手艺，就做起了制伞的生意，还着各处借来的债。之后听说某个寺院要用台伞，这成了机缘，于是就打算一边到处做台伞一边回老家。但怎么也过不了关卡，流落到离这儿不远的镇上开了家伞店。生意非常兴旺，日子也过得幸福，还有几个学徒。但是后来老头子眼睛坏了，只好停业，种一些喜欢的花来卖。老头子九年前六十九岁时去世，之后老太渐渐沦落到现在的地步。

　　单数日子，老太就一大早出门，背着花篓去卖花。受人关怀，总能拿回来一些点心蔬菜之类的，所以每天只要有买两合[2]半大米的钱五钱[3]就可以了。再加上已被宣告还有一年半的寿命，她已经请好了死后念永代经的和尚，葬礼的费用卖了现在住的破房子也够了，所以没有什么担心的事了。老太用紫色的包袱包着一本脏兮兮的笔记本拿来，说："所有的事情都写在这上面。"

翻开一看，杂乱地写着从明治二十二年那阵起的梦想之类的。封面上写着"御梦想灸点之记[4]"，但有关许愿的文字完全没有。老太大字不识一个，她不知道请来代写的人并不是好心人，还以为他们一字不漏的写下了自己讲的话，连夹在里面的卖药的广告也郑重地叠好保存着。她根本不认字，却在旁边偷眼看着，念道："我见到了弘法大师。[5]""我见到了观音菩萨。"

---

[2] 合：体积单位，1合大致为0.18升。
[3] 钱：货币单位，1钱为0.01日元。
[4] 御梦想灸点之记：笔记，用以记录向神佛许的愿。
[5] 弘法大师：日本古代名僧，曾到中国留学。

她和我这样没有隔阂，并不仅仅因为我看上去在认真思考，或者在别人都不把她当一回事的当下，只有我在认真听她讲这些迷信的故事，过了几天后我才知道怎么回事。那天老太看了我一眼告诉我她在想，我这样和佛祖有缘的人，当和尚那该多好啊。

我问她还想什么，她皱起了满脸的皱纹说："其他什么也没有了。"说着现出一副说不了一句谎话也藏不住一句真话的样子又说："您恐怕讨不到好媳妇。"她的意思是，我是一个和佛祖有很深缘分的人，但有人作梗，所以我既不能成为和尚，此后还要受到阻扰。

我就叹着气说："那和佛祖有再深的缘分也没用啊！"

她表情严肃地说："什么话！您只要从此一心向佛，佛法力大无边。"说着说着就忘情地来劲了。"您和咱不一样，您有眼睛识文断字，可以读经的。"

说着看我的手相,"看那些小的邪魔线都消失了吧。该信本愿,扔掉那些自力的妄想了。"看我没什么反应,她就放了我的手说:"您真坏。"

十九

有一天下午,我以后山顶上那棵大松树为目标去爬山了,爬着爬着迷了路,进入了山谷。我拼命拨开比自己的个子还高的草丛,脸上被隆起的灌木树枝打了,脚被指挥扇那样的蔓草刺了,好不容易从令人窒息的低洼脱离到一个山包。这山包像一头蛮横的牛,站在面向大海开了一个口子的、深深的山谷中央。我在"牛"的背上,朝着隆起的肩上一高一低地走去。红褐色的花岗岩粉末凝结得像鲨鱼皮,这上面又紧紧粘着干瘪的小松树,吃了松果的鸟拉下的粪又散落各处。一不小心就会滑落山谷,所以我用尽手脚的力气,紧紧抓住岩石,好不容易才爬到相当于牛肩的小高地。太阳从充满光亮的空中一划而飞过。从那儿沿着缓慢下降的"牛脖子"走了一町左右的路,两侧的山崖渐次险峻,山谷越来越深,终于到了相当于牛鼻子的小平地,那已经是路的尽头，前面是绝壁。这一带沿着海岸三里地是一二千尺高的山脉，朝海的方向伸出枝条，形成无数的峡谷。这三条枝条之中的一条，就像把根浸在水里倒插的一样。我后面是山峰，山谷对面更高的岩壁像屏风一样挡在前面，蓝天就像屋顶，形成一个奇妙的殿堂。游隼在头顶上发出升调的叫声，时不时嗖地掠下擦过眼前，又高高飞起。朝右手边的山谷往下看，黑森森的森林中有一条弯弯曲曲的小道，穿过山脉一直延伸到对面的村庄。就在我探头张望的一瞬间，一座又一座山连着红色的、淡红色的、紫色的和淡紫色的云，折叠在一起，伸向无边的远方。我怀着一种既恐怖又充满赞美和欢乐的心情高声唱起了歌。回声！这就像有谁藏在山的影子里跟着走来，明白无误地重复着。我被这个看不见身影的歌手煽动起来，尽量放开嗓子大唱起来。那个家伙也同样放开嗓子大唱。回声这种理所当然的事让我体会到了原始的欢喜，我用歌唱度过了幸福的半天时间，终于在夏天的太阳沉入海中时，回到了交让木[1]隔离带围起来的院子里。

---

[1] 交让木：常绿乔木，开黄色小花，果实为椭圆形。新叶开放时，老叶全部凋落，有"交让"木之称。

二十

我转到后院去洗脚。我以为这时节浴盆的水已经热了,就打开浴室门进去了。然后深深浸泡在冷却恰到好处的浴桶中,舒适地伸开疲劳的腿脚。浴桶在我胸部的位置有些收腰变细,让人感觉好像是用线轻轻缝起来的。我用两手撑着要浮起来的身体,仰头靠着,向升温的身体吹着气,一边回忆起今天的快乐。我把那些山命名为回声之峰。由于一个小小疏忽而认错路,结果却发现了这些山峰,除了我以外谁都不知道这件事,到那儿去必须穿过危险的山崖……这些都让我乐个不停。之后,我不经意地透过表面看这浑水,不仔细看时看不到,但我注意到了泛着微白的油脂,往常没有的。是谁泡过澡了吗?这样一想就越觉得像是这么回事,一定是谁来过了。我突然感到非常不安。对我来说,不认识的人就是讨厌的人。真是扫兴，我正垂头丧气，老太注意到这事来换水。她一边为未能及时换水道歉，一边说从东京家里来了少奶奶。我朋友家应该没有这样的人。但好像是说他家去了京都的那个姐姐夏天会来东京，也许是她吧。那没有办法，也不去怪罪，但又觉得有点糟糕。老太压低声音说："那是个美女哦。"就走了。之后我就像隐士那样偷偷回到房间靠在柱子上，胆小如鼠。我最怕初次见面的寒暄。在陌生人面前拘谨的那种难受，就好像被看不见的绳子绑住了，最后在双眉中间被勒紧，肩膀像烧起来那样发热。那个人似乎就在对面的侧房里。我以前听说过的那位姐姐应该不是一个讨厌的人，尽管如此，我要怎样应对才好呢？就在我思前想后的当口，廊下静静的脚步声越来越近，就在门外停下。我离开柱子坐回桌子前的当口，就听有平稳柔和的声音："打搅了，有人吗？"

拉门就像被这声音顺溜地拉开。"啊，还没有开灯啊。"我听到她这似乎是自言自语的话，看到被框成长方形的黑暗中清楚地浮现出一张白脸。

"初次见面,我是×××的姐姐,要在这逗留两三天。"

"啊……"

她说着就向等待判决的我端庄地递来一盘香气高雅的西洋点心说:"不成敬意,不知道合不合你的口味。"此刻,那个庄严冷峻的雕像顷刻变成一个美人,我忸忸怩怩地微笑着说:"这就点灯。"而她又变成原来的那座雕像消失在黑暗中。

我猛地叹了一口气。为自己如此的哀愁感到惭愧。我要回想出那个消失的姿容,但那像梦一般难以重寻。尽管如此,使劲闭着眼睛,过了一阵,就像突然到来光亮处,渐渐映像就清晰地浮现:结着大圆髻,乌黑的头发,线条分明的眉毛下乌黑的眼眸闪烁着光芒,所有的轮廓是那么的鲜明,以至于总感到难以接近。连下唇微微突出而可爱的嘴唇也像是用海底冰冷的珊瑚刻成的,那嘴舒适地张着,露出漂亮的牙齿时,凉爽的笑容柔和了一切,白色的脸颊上呈现了血色,雕像还是雕像,但同时又变成了一个美人。

二十一

从那以后不知为什么我尽量不和她打照面,从早上起就去"回声之峰",回来的时候也故意错过饭点,但因为在一个家里,一天中总有不得不碰面的时候。我到了山峰却不唱歌了,就像错过季节的鸟,在那些绝壁之间呆呆地眺望群山的深色。

有天晚上,夜已经相当深了,我站在花坛中间,一边看着月亮从后山升起。成千只虫子摇着它们的小铃铛,潮风越过田野带来海的气息和波浪的声音。那间侧屋的圆窗上还照着灯影,那前面的莲花瓶上,几片莲叶把傍晚阵雨带来的凉爽化成水珠,洁白的莲花收成花蕾。我沉浸在所有思虑中最深沉的、无以名状的思念中,贪恋地眺望着变得残缺的月亮。不料,不知何时,那个姐姐也站在花坛中。月亮和花儿都消失了,就像水面上原来映着如画的影子,而一只水鸟轻轻降落,于是所有影子瞬间消失,唯有这白色的姿容若无其事地浮现。我惊慌失措,正说出"月亮……",姐姐也已经反应过来,她为了避免尴尬,正要走开,猛然一下子,我连耳朵也热了。为这些细微的事情、稍稍的用词不当和尴尬的情况而感到非常羞耻是我的性格。姐姐就那样静静地迈开脚步,围着花坛转了一小圈又回到原处,说:"啊,正巧你也在这儿啊。"巧妙地打了个圆场。我从心底里感到欣慰和感激。

二十二

第二天我到那间偏房去还报纸，那位姐姐正背对着我在梳头。长发解开飘下，从肩部向背后涌起波浪。我正拉上门要回去，姐姐把拿着梳子的手停在耳朵旁，在镜子中微笑着说："那什么，我明天要告辞了，今晚一起吃个饭惜别吧。"

我又去爬了"回声之峰"，除了空中飞舞的隼以外，这自然的殿堂中值得仰视的东西什么也没有，我歌也没唱度过了半天。回声这东西也隐忍不发，没有妨碍我回忆我和它之间亲密合唱的往事。

晚餐的饭桌上铺了纯白的桌布，老太坐在侧面，姐姐和我面对面坐着。又难为情，又高兴，又寂寞，又伤感。

"请。"

她轻轻地低了低头,"这水平当不了厨师,不知道合不合你的口味。"说着像有些羞怯的样子把视线挪开,微笑开来。自制的豆腐颤抖着,雪白的表面上染着靛青的花纹。姐姐为我挤碎了香橙,浅绿色的粉末纷纷落下,豆腐像要化了似的,再浸到蘸汁中,又一下子染上紫红色。把这东西轻轻放到舌头上,尝到香橙静静的清香和酱油激烈的味道,还有冰凉和滑滑的感觉。在口中滚个两三下,这东西就融化了,剩下一点点淀粉般的味道。其他的盘子中盛着小鳟鱼,尾巴并排着,鱼身却弯弯曲曲。锯齿状鱼鳞下面的鱼尾是栗色的,背面是蓝色的,腹部闪闪发光,散发着这种鱼特有的温暖气息。我硬撕下一块紧致的鱼肉,蘸上汁水吃了,味道浓厚。餐具撤走后上了水果。姐姐在大梨子中挑了个看上去好吃的削了皮。为了让重重的梨子不至于滑落,她在手指上用了力,做了一个像笙那样的环。梨子在那长长的弯曲的手指中间旋转。黄色的果皮越过白色的手背卷成云的形状,滴滴果汁落下。姐姐说她自己不太喜欢梨,就放到盘子上。我切下一片一片放到嘴里，看着美丽的樱桃被姐姐的双唇轻轻夹住，又滚落在那小巧的舌头上，贝壳形的下颚松软地动着。

姐姐异常快活。老太也频频欢闹，她说要猜我牙齿的数目，就像小孩常干的那样躲到姐姐的背后把脸藏起来，考虑良久之后说："除了智齿大概有二十八颗吧。"

我说："谁都是二十八颗。"

"怎么能这样说，佛陀就有四十几颗牙。"老太不服气。这时姐姐的嘴角稍稍翘起，露出美丽的牙齿。随后说着说着说到鸟的时候，老太说："我老家的山上白鹭成群，大雁也来，鸭子也来，鹤群也来过许多。每年必定要来一对白颈鹤，它们来了要上告藩主老爷。鹳鸟鸣叫的时候一边转着脖子，它们挂在土地神社的大杉树上的鸟巢是用小树枝搭起的，像笼子。"她兴致勃勃，滔滔不绝。我问："那是什么时候的事？"

"我小时候的事。"

"那现在早就没了吧。"

"一旦有了,它们每年要生子的。"老太顽强地主张道。姐姐美丽的嘴角又翘起,露出了雪白的牙齿。

第二天姐姐本来要走,为了什么事拖到了晚上。傍晚洗完澡后,那个老太大概出去办事了,屋子里暗暗的,我想出去到花坛那儿,这时从侧屋的圆窗里传出声音:"借灯用了一下。"随后姐姐拿着盛了水蜜桃的盘子来告别。

"祝你心情愉快。有机会到京都,请来我家玩。"

我到院子里,坐在花坛的椅子上,眺望着一直漫布到大海的满天星星。远处唯有波浪声,虫鸣声,还有天空……除此以外什么也没有。老太雇了一辆车来。我看到姐姐身穿打点好的漂亮的出客装,小跑着到我屋子里去还灯。接着老太把行李搬了出来，姐姐从外廊走到大门，朝着我欠了欠身："再见，祝你健康平安！"

不知道为什么，我装作没有听见。

"再见，一路平安。"我在暗处默默地低下了头。车子的声音远去，听到了关门的声音。我藏在花丛中擦了擦滚滚热泪。我为什么一句话也没说？为什么连什么客套话也没说？我伫立在花坛上，一直到肌肤着凉，一直到比昨天更缺角的月亮挂在山的那边才回屋子。接着无力地把双肘撑到桌子上，把脸颊般红润的、下颔般鼓起的水蜜桃放在手掌上，轻轻地包起来，贴到嘴唇上，嗅着透过浓浓的表面露出来的甘甜的气息，又淌下了新的眼泪。

大正二年[1]初稿

---

[1] 大正二年：1913年。